향수

향수

정지용 시전집

애플북스

나와 딱 붙는 내 하나의 시 〈구성동〉

이 진 명

좋은 시 많고 많다. 그중 특별히 개인적으로 사랑하는 시도 많고 많다. 그럼에도 불구하고 당신이 사랑하는 시 오직 하나만을 대라고 해봐라. 오직 하나만 꼽으란 말이다라고 다그쳐봐라. 대부분의 사람은 하나만 꼽으라고 하면 고민을 거듭하며 괴로워할지도 모르겠다. 그 많은 것, 사랑하는 것들을 다 희생시켜가며 왜 굳이 하나만 대야 하느냐고 항거 비슷한 마음이 들지도 모르겠다. 하지만 나의 경우 다그침을 받든 받지 않든 고민할 것도 계산할 것도 저항을 느낄 것도 없이 바로 꼽아낼 오직 하나의 시가 있다.

정지용 시인의 〈구성동九城洞〉.

나와 딱 붙는 내 하나의 시다.

나는 이 시를 삼십대 중반, 늦깎이 등단하기 두 해 전인 1988년에 만났다.

고등학교 졸업 후 바로 대학교를 가지 못하고 십여 년 동안 직장생활을 했기에 나는 정지용이란 시인 이름도 그의 시들도 귀동냥으로라도 알지 못했다. 직장생활을 하는 동안, 시집과 소설책, 매달 문학잡지 읽기와 시 끼적이기를 근근이 이어나가기는 했지만 그런 정도만으로는 그에 대해 알 길이 없었다. 중고교 교과서에서 배우지 못했기 때문이다. 정지용은 납·월북 문인으로 분류되어 남쪽에서는 잊혀져야 하는 시인이었다. 중고교 교과서에 실어 자라나는 청소년에게 알리기에는 불선不善의 시인이요 시라는 뜻이었다.

우리 문학의 반쪽을 잃어버린 채 모르고 자라야 했다. 문학잡지에서 드물지만 납·월북 문인에 대한 언급이 필요한 경우, '정×용'이라 표기하고 넘어가는 것이 다였다. 대학교에 바로 들어갔다면 학교 강의나 그 외 문학 스터디를 하면서 이십대 초에 정지용과 그의 시에 대해 십여 년은 일찍 만나볼 수 있는 기회를 가졌을지도 모른다. 내가 십대나 이십대에 정지용을 비롯해 우리 문학의 반쪽이었던 납·월북 문인들의 작품을 대할 수 있었더라면 하는 아쉬움은 지금까지도 남아 있다. 물론 이런 아쉬움은 어찌어찌하다 시 쓰는 사람이 된 유감스러운 자의식 때문일 것이다.

등단하기 두 해 전인 1988년 납·월북 문인들에 대한 해금 조치가 있었다. 직장이었던 출판사에서 곧바로 《정지용 전집》출간 준비에 들어갔다. 시와 산문을 각 권으로 하는 두 권짜리 전집이었다. 그때 정지용 시 초교부터 ok교 놓는 편집 일을 하게 됐다. 일로서한 것이었지만 몰랐던 새로운 우리 시를 처음 만나게 되는 감회란이루 말할 수 없을 정도였다.

일제 암흑기인 1920~30년대 시가 대부분을 차지했고 40년대 해방 전후의 시가 또 얼마를 차지했다. 그러니 한글 맞춤법도 옛 표기 그대로요, 한문도 적잖이 들어가 있었다. 시에 쓰인 한자어는 그동안 익혀온 한자들이어서 별 어려움 없이 교정을 볼 수 있었다. 오히려 현행 맞춤법과 달리 맞춤법 정비가 미비했던 옛 한글표기와 띄어쓰기 등이 더 애를 먹였다. 나만 해도 한문세대에 약간 걸쳐 있었으니 다행이지, 막 대학교를 졸업하고 들어온 한글전용세대인 이십대 편집부원들은 한자 대조 교정이 고생스러웠을 것이다. 그 무렵에는 웬만한 한자들은 한글전용세대에 맞춰 한글표기로 바꾸는 것을 기본으로 삼고 있었다. 그러나 《정지용 전집》은 원문을 그대로 살려야 했다. 걱정스러우셨는지 회의시간에 사장님께서 "거기 나온 한자들 다 읽을 수 있어?"라며 물었던 게 아직도 기억난다.

《정지용 전집》교정을 보면서 정지용 시를 처음 대했다.

그동안 읽어왔던 시들과는 특히 감각적인 언어 면에서 신선한 차이를 느꼈다. 그때까지 감정, 감상, 애상조의 시 언어와 발화發話를 많이 보아왔는데, 그렇게 익숙해진 시의 어떤 지점을 다른 방향으로 이동시켜주는 것 같은 고급하고 세련된 매력을 느꼈다. 벼리어진 깔끔한 언어들, 미소微小한 향기를 퍼뜨려주는 감도 높은 언어들이 정지용의 시에는 박혀 있었다.

어둡고 길이 보이지 않는 절망의 시대에 어떻게 이렇게 투명한 언어들을 탄생시킬 수 있었을까 싶은 경이가 있었다. 그것도 2~30대 시절에 말이다. 마음에 와 딱 붙는 시들이 적잖았다. 이런 시를 좀

더 어린 시절, 순정한 시절에 읽을 수 있었더라면 내 감수성 형성에 좀 더 특별한 요소로 융합되었을 것만 같은 생각에 안타깝고 속이 쓰렸다.

정지용의 여러 시편은 속되고 잡스러운 것이 들러붙는 삶의 소란함과 진득거림 따위는 물리친 어떤 고양된 정신세계를 그리게 해줬다. 벼리고 벼리어서 씻긴 듯이 들어 올린 언어로 그려진 고요하고 격조 있는 세계로 안내받는 느낌이었다. 어둡고 불안한 시대의 혼란한 장소에서 높게 조탁한 새 언어를 부리는 시와 시인이 있었음을 알게 된 것이 행복했다. 정지용의 시편들은 살아가는 고달픔에 침윤浸潤된 나를 위로해주고 고양시켜 주었다. 괜찮다고, 더 외로워져도 좋다고, 더 깊이 더 아득히 절멸해가자고 부추김을 받는 느낌이었다.

그 빼어남으로 회자되는 정지용의 시는 길게 열거하고도 남을 정도로 많다. 그중 잘 알려진 시로는 〈유리창 1〉, 〈난초〉, 〈장수산 1〉, 〈백록담〉이 있고, 또 노래로 만들어져 대중들에게 많은 사랑을 받은 〈향수〉가 있다. 그리고 하나 더 〈해바라기 씨〉. 동심이 약동하는 생생함과 말 부리는 재미로움, 운율이 살아 뛰는 즐거움에 절로 웃음 환하게 피게 했던 〈해바라기 씨〉. 참새, 바둑이, 괭이, 이슬, 햇빛, 청개고리가 다 출동하여 벌이는 해바라기 축제. 독자들이여, 해바라기 씨에서 수줍고 부끄러운 해바라기 첫 시약시까지의 사랑스럽고 아름다운 축제에 꼭 참석해보시기를, 그래서 행복하시기를 권한다.

그리고 나에게는 〈구성동〉이라는 시 하나. 이 〈구성동〉이 정지용의 빼어난 모든 시를 블랙홀처럼 빨아들인다 해도 과장이 아니라고 좀 과장해 말하고 싶다.

골짝에는 흔히
유성이 묻힌다.

황혼에
누뤼가 소란히 쌓이기도 하고,

꽃도
귀향 사는 곳,

절터였더랬는데
바람도 모이지 않고

산그림자 설핏하면
사슴이 일어나 등을 넘어간다.

— 〈구성동〉 전문

이 시를 작은 쪽지에 베껴 일하는 책상 책꽂이에 붙여놓고 퇴사할 때까지 4~5년간 들여다보며 지냈다. 외로움이 몰려오거나 무슨설움이 불뚝 일 때, 무기력으로 지칠 때면 이 구성동 구석으로 하염없이 들어가고 있는 내 뒷모습을 지켜보곤 했다. 현실의 시간으로야 매우 짧은 몇십 초, 길어야 몇 분이겠지만 그렇게 떠났다 돌아와 출간 일정에 쫓기는 책상 앞 교정지에 다시 코를 박곤 했다. 이 시 제목이 된 구성동은 금강산 어디쯤에 있는 동네라 한다. 금강산에 가본 적이 없으니 제목의 구성동은 모른다. 그러나 시에 묘사된 풍경은 남쪽의 어느 깊고 적막한 산골로 들어가 보면 어렵지 않게 만날 수 있는 그런 풍경이기도 하다. 폐사지가 있는 산골에 황혼이 깔리는 시간, 그 앞에 서보라. 그러나 둘도 아니고 꼭 홀로, 단독자 자신으로만 서보라. 제 몸이 풍경으로 풀릴 것이다. 풍경으로 풀려들어간 자신의 소멸을 아는 어떤 앎, 진정한 그 휴지休止(쉼)인 어떤 앎이 있어 생명의 불꽃이 타고 시를 산다. 〈구성동〉은 나에게 그런 시그림이었다.

어려운 낱말도 없고 상투어라 할 만큼 익숙하게 보아왔던 시어만으로 이루어졌지만, 그래서 접근이 수월한 듯하지만 결코 쉽지 않은 시라고 생각한다. 익숙한 시어들로 다행히 시에 들어서긴 했지만, 그다음에는 어떤 절멸로 자신을 끊어야 하는 일이 남아 있다는 그런 전언을 듣게 한다. 행과 행, 연과 연의 아득한 거리로 시는 그렇게 말하고 있다. 이 시에는 인간의 말이나 인간의 몸이 보이지 않는다. 인간인 그대 자신이 비로소 그 속으로 들어가 인간을 지으라고 이끄는 듯도 싶다. 이 시는 그런 아름다움을 갖고 점점 육박해오며 내 몸과 하나가 됐다. 아름답고 드높은 시절을 보낸 것 같다. 이 시가 나를 그렇게 이끌었다.

직장의 책상 책꽂이에 붙여놓았던 〈구성동〉은 퇴사 후 결혼하고 아이 낳고 하는 생활 속에서도 십 년은 더 내 컴퓨터 책상 위 게시판에 핀으로 꽂혀 있었다. 몇 차례의 이사 속에서 그만 잃어버렸는지 지금은 없다. 이미 〈구성동〉이 나를 실컷 살았고, 나도 〈구성동〉을 실컷 살았으니 이만쯤에서 그만 헤어지자 서로 묵계라도 했나 보다. 좋은 이별이다.

사람들의 마음속엔 이렇게 나의 〈구성동〉처럼 자기만의 숨겨놓은 구석이 있을 것이다. 그 구석으로 찾아들어가 온전하게 숨 쉬다 돌아와 오늘 하루하루를 굴리는 것이리라. 지용의 시 〈구성동〉이 오늘도 어느 누군가의 가슴속 장소로 옮겨가 거기서 나에게 했던 것처럼 유현하고 그윽하게, 부푸는 적막으로 자기의 임무를 다하고 있을 것임을 그려본다.

이진명 1990년 〈작가세계〉에 〈저녁을 위하여〉 외 7편의 시를 발표하며 등단했다. 일연문학상, 서정시학 작품상을 받은 바 있으며, 시집으로 《밤에 용서라는 말을 들었다》《집에 돌아갈 날짜를 세어보다》《단 한 사람》《세워진 사람》 등이 있다.

차례

일러두기

1. 이 책에 수록된 작품은 정지용이 1926년부터 1950년까지 발표한 시를 모은 것으로 수록 순서는 발표 연대순으로 배열했으며 각 작품 마지막에 첫 발표 지면을 표기해두었다.
2. 이 책에 실린 시와 제목은 단행본으로 발표한 《정지용 시집》과 《백록담》에 실린 시를 원본으로 삼았으며 그 밖의 시는 최종 발표 시를 원본으로 삼았다. 단, 연작시의 경우 발표 시기 순으로 번호를 달았다.
3. 맞춤법, 띄어쓰기는 현대어 표기로 고쳤으나 작가가 의도적으로 표현한 것은 잘못되었더라도 그대로 두었다. 띄어쓰기와 맞춤법은 국립국어원의 《표준국어대사전》을 기준으로 삼았다.
4. 한글로 표기된 외래어는 외래어맞춤법에 맞게 고쳤으나 시대 상황을 드러내주는 용어는 원문을 그대로 살렸다.
5. 한자는 한글로 표기하고 의미상 필요한 경우에만 한글 옆에 병기하였다.
6. 생소한 어휘는 독자들의 이해를 돕기 위하여 각주로 설명을 달아두었다.
7. 대화 표시는 " "로 바꾸었고, 대화가 아닌 혼잣말이나 강조의 경우에는 ' '로 바꾸었다. 또한 말줄임표는 모두 '……'로 통일하였다.

카페 프란스

옮겨다 심은 종려나무 밑에
비뚜로 선 장명등長明燈,[1]
카페 프란스에 가자.

이놈은 루바슈카
또 한 놈은 보헤미안 넥타이
삐쩍 마른 놈이 앞장을 섰다.

밤비는 뱀눈처럼 가는데
페이브먼트에 흐느끼는 불빛
카페 프란스에 가자.

이놈의 머리는 비뚜른 능금
또 한 놈의 심장은 벌레 먹은 장미
제비처럼 젖은 놈이 뛰어간다.

※

"오오 패롯鸚鵡[2] 서방! 꾿 이브닝!"

"꾿 이브닝!"(이 친구 어떠하시오?)

울금향鬱金香³ 아가씨는 이 밤에도
경사更紗 커―튼 밑에서 조시는구료!

나는 자작子爵의 아들도 아무것도 아니란다.
남달리 손이 희어서 슬프구나!

나는 나라도 집도 없단다
대리석 테이블에 닿는 내 뺨이 슬프구나!

오오, 이국종異國種 강아지야
내 발을 빨아다오.
내 발을 빨아다오.

— 〈학조〉, 1926. 6.

---

1 대문 밖이나 처마 끝에 달아두고 밤에 불을 켜는 등.
2 앵무새.
3 튤립.

슬픈 인상화

수박 냄새 품어오는
첫여름의 저녁 때……

먼 해안 쪽
길옆 나무에 늘어선
전등. 전등.
헤엄쳐 나온 듯이 깜박거리고 빛나노라.

침울하게 울려오는
축항築港의 기적 소리…… 기적 소리……
이국정조異國情調로 퍼덕이는
세관의 깃발. 깃발.

시멘트 깐 인도 측으로 사풋사풋 옮기는
하이얀 양장洋裝의 점경點景!¹

그는 흘러가는 실심失心한 풍경이어니……
부질없이 오랑쥬² 껍질 씹는 시름……

아아, 애시리愛施利 황黃

그대는 상해로 가는구려……

— 〈학조〉, 1926. 6.

1　풍경화 등에 사람이나 동물, 물건 따위를 그려넣어 정취를 더하는 일.
2　오렌지.

파충류 동물

시꺼먼 연기와 불을 뱉으며
소리 지르며 달아나는
괴상하고 거―창한 파충류 동물.

그년에게
내 동정童貞의 결혼반지를 찾으러 갔더니만
그 큰 궁둥이로 떼밀어

…털 크 덕…털 크 덕…

나는 나는 슬퍼서 슬퍼서
심장心臟이 되구요

옆에 앉은 소로서아小露西亞 눈알 푸른 시악시
"당신은 지금 어드메로 가십나?"

…털 크 덕…털 크 덕…털 크 덕…

그는 슬퍼서 슬퍼서

담낭膽囊이 되구요

저 기―다란 짱골라는 대장大腸.
뒤처졌는 왜놈은 소장小腸.
"이이! 저 다리털 좀 보아!"

털크덕…털크덕…털크덕…털크덕…

유월달 백금 태양 내리쪼이는 밑에
부글부글 끓어오르는 소화기관의 망상이여!

적토 잡초 백골을 짓밟으며
둘둘둘둘둘둘 달아나는
굉장하게 기―다란 파충류 동물.

― 〈학조〉, 1926. 6.

지는 해

우리 오빠 가신 곳은
해님 지는 서해 건너
멀리멀리 가셨다네.
웬일인가 저 하늘이
핏빛보다 무섭구나!
난리 났나. 불이 났나.

— 〈학조〉, 1926. 6.

띠

하늘 위에 사는 사람
머리에다 띠를 띠고,

이 땅 위에 사는 사람
허리에다 띠를 띠고,

땅속 나라 사는 사람
발목에다 띠를 띠네.

— 〈학조〉, 1926. 6.

홍시

어저께도 홍시 하나.
오늘에도 홍시 하나.

까마귀야. 까마귀야.
우리 나무에 왜 앉았나.

우리 오빠 오시걸랑.
맛 뵈려고 남겨뒀다.

후락 딱 딱
훠이 훠이!

—〈학조〉, 1926. 6.

병

부엉이 울던 밤
누나의 이야기—

파랑 병을 깨치면
금시 파랑 바다.

빨강 병을 깨치면
금시 빨강 바다.

뻐꾸기 울던 날
누나 시집갔네—

파랑 병을 깨트려
하늘 혼자 보고.

빨강 병을 깨트려
하늘 혼자 보고.

—〈학조〉, 1926. 6.

삼월 삼짇날

중, 중, 때때중,
우리 애기 까까머리.

삼월 삼짇날,
질나라비, 훨, 훨,
제비 새끼, 훨, 훨,

쑥 뜯어다가
개피떡 만들어.
호, 호, 잠들여 놓고
냥, 냥, 잘도 먹었다.

중, 중, 때때중,
우리 아기 상제로 사갑소.

— 〈학조〉, 1926. 6.

딸레

딸레와 쬐그만 아주머니,
앵두나무 밑에서
우리는 늘 세 동무.

딸레는 잘못하다
눈이 멀어 나갔네.

눈먼 딸레 찾으러 갔다 오니,
쬐그만 아주머니마저
누가 데려갔네.

방울 혼자 흔들다
나는 싫어 울었다.

— 〈학조〉, 1926. 6.

'마음의 일기'에서

— 시조 아홉 수

큰 바다 앞에 두고 흰 날빛 그 밑에서
한 백 년 잠자다 겨우 일어나노니
지난 세월 그마만치만 긴 하품을 해야만.

아이들 총 중에서 성나신 장님막대
함부로 내두르다 뺏기고 말았것다
얼굴 붉은 이 친구분네 말씀하는 법이다.

창자에 처져 있는 기름을 씻어내고
너절한 볼따구니 살덩이 떼어내라
그리고 피스톨 알처럼 덤벼들라 싸우자!

참새의 가슴처럼 기뻐 뛰어보자니
성내인 사자처럼 부르짖어보자니
빙산氷山이 풀어질 만치 손을 잡아보자니.

시그날 기운 뒤에 갑자기 조이는 맘
그대를 실은 차가 하마 산을 돌아오리
온단다 온단단다나 온다온다 온단다.

"배암이 그다지도 무서우냐 내 님아"
내 님은 몸을 떨며 "뱀만은 싫어요"
꽈리같이 새빨간 해가 넘어가는 풀밭 위.

이즈음 이슬[露]이란 아름다운 그 말을
글에도 써본 적이 없는가 하노니
가슴에 이슬이 이슬이 아니 내림이어라.

이 밤이 깊을수록 이 마음 가늘어서
가느단 차디찬 바늘은 있으려니
실이 없어 물들인 실이 실이 없어 하노라.

한 백 년 진흙 속에 묻혔다 나온 듯.
게[蟹]처럼 옆으로 기어가 보노니
먼 푸른 하늘 아래로 가이없는 모래밭.

— 〈학조〉, 1926. 6

Dahlia

가을볕 째앵하게
내리쪼이는 잔디밭.

함빡 피어난 다알리아.
한낮에 함빡 핀 다알리아.

시악시야, 네 살빛도
익을 대로 익었구나.

젖가슴과 부끄럼성이
익을 대로 익었구나.

시악시야, 순하디순하여다오.
암사슴처럼 뛰어다녀 보아라.

물오리 떠돌아다니는
흰 못물 같은 하늘 밑에,

함빡 피어나온 다알리아.

피다 못해 터져 나오는 다알리아.

— 〈신민〉, 1926. 11.

홍춘 紅椿

춘椿나무 꽃 피 뱉은 듯 붉게 타고
더딘 봄날 반은 기울어
물방아 시름없이 돌아간다.

어린아이들 제 춤에 뜻 없는 노래를 부르고
솜병아리 양지쪽에 모이를 가리고 있다.

아지랑이 졸음 조는 마을길에 고달퍼
아름아름 알어질 일도 몰라서
여윈 볼만 만지고 돌아오노니.

— 〈신민〉, 1926. 11.

산엣 색시 들녘 사내

산엣 새는 산으로,
들녘 새는 들로.
산엣 색시 잡으러
산에 가세.

작은 재를 넘어서서,
큰 봉엘 올라서서,

"호—이"
"호—이"

산엣 색시 날래기가
표범 같다.

치달려 달아나는
산엣 색시,
활을 쏘아 잡었습나?

아아니다,

들녘 사내 잡은 손은
차마 못 놓더라.

산엣 색시,
들녘 쌀을 먹였더니
산엣 말을 잊었습데.

들녘 마당에
밤이 들어,

활활 타오르는 화톳불 너머
넘어다보면―

들녘 사내 선웃음 소리,
산엣 색시
얼굴 와락 붉었더라.

― 〈문예시대〉, 1926. 11.

산에서 온 새

새삼나무 싹이 튼 담 위에
산에서 온 새가 울음 운다.

산엣 새는 파랑치마 입고.
산엣 새는 빨강모자 쓰고.

눈에 아름아름 보고 지고.
발 벗고 간 누이 보고 지고.

따순 봄날 이른 아침부터
산에서 온 새가 울음 운다.

— 〈어린이〉, 1926. 11.

넘어가는 해

불   까마귀
불   까마귀

들녘 지붕
파   먹으러

내려 왔다
쫓겨 갔나

서쪽 서산
붉아 붉아

— 〈신소설〉, 1926. 11.

겨울 밤

동네　　집에
강아지　는
주석　　방울

칠성산　에
열흘　　달은
백통　　방울

갸웃　　갸웃
고양이　는
무엇　　찾나

— 〈신소년〉, 1926. 11.

내 아내 내 누이 내 나라

젊은이 한창시절 설움이 한 시절.
한 시절 한고비 엇지면 못 넘기리만
끝없이 끝없이 가고만 싶어요.
해 돋는 쪽으로 해 지는 쪽으로.
끝없이 끝없이 가고만 싶어요.

제비가 남으로 천리만리.
기러기 북으로 천리만리.
칠월달 밤하늘에 별 불이 흘러
잠든 물결 기인 강 위에
새 깃 하나. 야자잎 하나.
떠나가리 떠나가리.
한없이 한없이 가고만 싶어요.

철없는 사랑 오랑캐꽃 수레에 실리어가든
황금저녁별 오리정伍里亭 벌에
비가 뿌려요 가랑비 가는 비가 와요
가기는 갑니다마는
짓고만 싶어요 맞고만 싶어요.

앞날 홍수 때
후일 진흙 세상.
실마리 같은 시름. 실마리 같은 눈물.
울고만 싶어요. 함쑤락 젖고만 싶어요.

동산에 서신 님 산에 올라 보내십니까.
삼태봉三台峰 휘넘어오는 둥그레 둥실
달과도 같으싶니다마는
다락에도 물가에도 성 위에도
살지 마옵소서 마옵소서.
해당화 수풀집 양지 편을 쓸고 갑니다 쓸고 가요.

나그네 고달픈 혼이 순례지 별빛에 조는 혼이
마음만 먹고도 가고 올 줄 몰라
상년 삼월 후년 삼월.
님의 뜰에 봄풀이 우거지면
내 마음 님의 마음.
개나리 꾀꼬리 빛
아지랑이 먼 산 눈물에 어려요 어려요.

칼 멘 장사가 죽어도 길옆에 무덤.
길옆에는 묻지 말고 나랏배 오고 가는
이방異邦 바다 모래톱에 묻어요 묻어요.
나도 사나이는 사나이
나라도 집도 없기는 없어요.

복사꽃처럼 피어가는 내 아내 내 누이.
동산에 숨기고 가나 길가에 두고 가나.
말 잔등이 후려쳐 싣고
지평선 그늘에 살아지나.

뺨을 빌려요 손을 주어요 잘 있어요.
친구야 포근한 친구야 어깨를 빌려요.
평안한 한때 졸음이나 빌려요 빌려요.

— 〈위생과 화장〉, 1926. 11.

굴뚝새

굴뚝새 굴뚝새
어머니—
문 열어놓아 주오, 들어오게
이불 안에
식전 내— 재워주지

어머니—
산에 가 얼어 죽으면 어쩌우
박쪽에다
숯불 피워다 주지

—〈신소년〉, 1926. 12.

옛이야기 구절

집 떠나가 배운 노래를
집 찾아오는 밤
논둑길에서 불렀노라.

나가서도 고달프고
돌아와서도 고달팠노라.
열네 살부터 나가서 고달팠노라.

나가서 얻어온 이야기를
닭이 울도록,
아버지께 이르노니—

기름불은 깜박이며 듣고,
어머니는 눈에 눈물이 고이신 대로 듣고
니치대던' 어린 누이 안긴 대로 잠들며 듣고
윗방 문설주에는 그 사람이 서서 듣고,

큰 독 안에 실린 슬픈 물같이
속살대는 이 시골 밤은

찾아온 동네 사람들처럼 돌아서서 듣고,

─그러나 이것이 모두 다
그 예전부터 어떤 시원찮은 사람들이
끝잇지 못하고 그대로 간 이야기어니

이 집 문고리나, 지붕이나,
늙으신 아버지의 착하디착한 수염이나,
활처럼 휘어다 붙인 밤하늘이나,

이것이 모두 다
그 예전부터 전하는 이야기 구절일러라.

─ 〈신민〉, 1927. 1.

---

1 성가시게 칭얼대던.

갑판 위

나직한 하늘은 백금빛으로 빛나고
물결은 유리판처럼 부서지며 끓어오른다.
동글동글 굴러오는 짠 바람에 뺨마다 고운 피가 고이고
배는 화려한 짐승처럼 짖으며 달려나간다.
문득 앞을 가리는 검은 해적 같은 외딴 섬이
흩어져 날으는 갈매기 떼 날개 뒤로 문짓문짓 물러나가고,
어디로 돌아다보든지 하이얀 큰 팔굽이에 안기어
지구덩이가 동그랗다는 것이 길겁구나.
넥타이는 시원스럽게 날리고 서로 기대선 어깨에 유월 볕이 스
며들고
한없이 나가는 눈길은 수평선 저쪽까지 깃폭처럼 퍼덕인다.

※

바다 바람이 그대 머리에 아른대는구려,
그대 머리는 슬픈 듯 하늘거리고.

바다 바람이 그대 치마폭에 니치대는구려,
그대 치마는 부끄러운 듯 나부끼고.

그대는 바람 보고 꾸짖는구려.

※

별안간 뛰어들삼어도 설마 죽을라구요
바나나 껍질로 바다를 놀려대노니,

젊은 마음 꼬이는 굽이도는 물굽이
둘이 함께 굽어보며 가볍게 웃노니.

— 〈문예시대〉, 1927. 1.

바다 1

오·오·오·오·오· 소리치며 달려가니
오·오·오·오·오· 연달아서 몰아온다.

간밤에 잠 살포시
머언 뇌성이 울더니,

오늘 아침 바다는
포도빛으로 부풀어졌다.

철썩, 처얼썩, 철썩, 처얼썩, 철썩,
제비 날아들 듯 물결 사이사이로 춤을 추어.

— 〈조선지광〉, 1927. 2.

바다 2

한 백 년 진흙 속에
숨었다 나온 듯이,

게처럼 옆으로
기어가 보노니,

머언 푸른 하늘 아래로
가이없는 모래밭.

— 〈조선지광〉, 1927. 2.

바다 3

외로운 마음이
한종일 두고

바다를 불러—

바다 위로
밤이
걸어온다.

— 〈조선지광〉, 1927. 2.

바다 4

후주근한 물결 소리 등에 지고 홀로 돌아가노니
어디선지 그 누구 쓰러져 울음 우는 듯한 기척,

돌아서서 보니 먼 등대가 반짝반짝 깜박이고
갈매기 떼 끼루룩끼루룩 비를 부르며 날아간다.

울음 우는 이는 등대도 아니고 갈매기도 아니고
어딘지 홀로 떨어진 이름 모를 서러움이 하나.

— 〈조선지광〉, 1927. 2.

호면湖面

손바닥을 울리는 소리
곱다랗게 건너간다.

그 뒤로 흰 게우[1]가 미끄러진다.

— 〈조선지광〉, 1927. 2.

1 '거위'의 방언.

새빨간 기관차

느으릿느으릿 한눈파는 겨를에

사랑이 수이 알아질까도 싶구나.

어린아이야, 달려가자.

두 뺨에 피어오른 어여쁜 불이

일찍 꺼져버리면 어찌하자니?

줄달음질쳐 가자.

바람은 휘잉. 휘잉.

만틀 자락에 몸이 떠오를 듯.

눈보라는 풀. 풀.

붕어 새끼 꾀어내는 모이 같다.

어린아이야, 아무것도 모르는

새빨간 기관차처럼 달려가자!

─ 〈조선지광〉, 1927. 2.

내 맘에 맞는 이

당신은 내 맘에 꼭 맞는 이.
잘난 남보다 조금만치만
어리둥절 어리석은 척
옛사람처럼 사람 좋게 웃어 좀 보시오.
이리 좀 돌고 저리 좀 돌아보시오.
코 쥐고 뺑뺑이 치다 절 한 번만 합쇼.

호. 호. 호. 호. 내 맘에 꼭 맞는 이.

큰 말 타신 당신이
쌍무지개 홍예문 틀어 세운 벌로
내달리시면
나는 산날맹이¹ 잔디밭에 앉아
기[口令]를 부르지요.

"앞으로—가. 요."
"뒤로—가. 요."

키는 후리후리. 어깨는 산고개 같아요.

호. 호. 호. 호. 내 맘에 맞는 이.

— 〈조선지광〉, 1927. 2.

1 산봉우리.

무어래요?

한 길로만 오시다
한 고개 넘어 우리 집.
앞문으로 오시지는 말고
뒷동산 사잇길로 오십쇼.
늦은 봄날
복사꽃 연분홍 이슬비가 내리시거든
뒷동산 사잇길로 오십쇼.
바람 피해 오시는 이처럼 들르시면
누가 무어래요?

— 〈조선지광〉, 1927. 2.

숨기 내기

날 눈 감기고 숨으십쇼.
잣나무 아람나무 안고 돌으시면
나는 샅샅이 찾아보지요.

숨기 내기 해 종일 하면은
나는 서러워진답니다.

서러워지기 전에
파랑새 사냥을 가지요.

떠나온 지 오랜 시골 다시 찾아
파랑새 사냥을 가지요.

— 〈조선지광〉, 1927. 2.

비둘기

저 어느 새 떼가 저렇게 날아오나?
저 어느 새 떼가 저렇게 날아오나?

사월달 햇살이
물농오리¹ 치듯 하네.

하늘바라기 하늘만 치어다보다가
하마 자칫 잊을 뻔했던
사랑, 사랑이

비둘기 타고 오네요.
비둘기 타고 오네요.

— 〈조선지광〉, 1927. 2.

1 '물너울, 물결'을 뜻하는 방언.

이른 봄 아침

귀에 선 새소리가 새어 들어와
참한 은시계로 자근자근 얻어맞은 듯,
마음이 이일 저일 보살필 일로 갈라져,
수은방울처럼 동글동글 나동그라져,
춥기는 하고 진정 일어나기 싫어라.

※

쥐나 한 마리 훔켜잡을 듯이
미닫이를 살포─시 열고 보노니
사루마다[1] 바람으론 오호! 추워라.

마른 새삼 넝쿨 사이사이로
빠알간 산새 새끼가 물레 북 드나들 듯.

※

새 새끼와도 언어 수작을 능히 할까 싶어라.
날카롭고도 보드라운 마음씨가 파닥거리어.

새 새끼와 내가 하는 에스페란토는 휘파람이라.

새 새끼야, 한종일 날아가지 말고 울어나 다오,

오늘 아침에는 나이 어린 코끼리처럼 외로워라.

※

산봉우리─저쪽으로 몰린 프로필─

패랭이 꽃빛으로 볼그레하다,

씩씩 뽑아 올라간, 밋밋하게

깎아 세운 대리석 기둥인 듯,

간덩이 같은 해가 이글거리는

아침 하늘을 일심으로 떠받치고 섰다,

봄바람이 허리띠처럼 휘이 감돌아 서서

사알랑 사알랑 날아오노니,

새 새끼도 포르르 포르르 불려 왔구나.

— 〈신민〉, 1927. 2.

1 さるまた, 팬츠.

향수

넓은 벌 동쪽 끝으로
옛이야기 지즐대는 실개천이 휘돌아 나가고,
얼룩백이 황소가
해설피 금빛 게으른 울음을 우는 곳,

─그곳이 차마 꿈엔들 잊힐리야.

질화로에 재가 식어지면
빈 밭에 밤바람 소리 말을 달리고,
엷은 졸음에 겨운 늙으신 아버지가
짚베개를 돋아 고이시는 곳,

─그곳이 차마 꿈엔들 잊힐리야.

흙에서 자란 내 마음
파아란 하늘 빛이 그리워
함부로 쏜 화살을 찾으려
풀섶 이슬에 함추름 휘적시던 곳,

―그곳이 차마 꿈엔들 잊힐리야.

전설 바다에 춤추는 밤물결 같은
검은 귀밑머리 날리는 어린 누이와
아무렇지도 않고 예쁠 것도 없는
사철 발 벗은 아내가
따가운 햇살을 등에 지고 이삭 줍던 곳,

―그곳이 차마 꿈엔들 잊힐리야.

하늘에는 성근 별
알 수도 없는 모래성으로 발을 옮기고,
서리 까마귀 우지짖고 지나가는 초라한 지붕,
흐릿한 불빛에 돌아앉아 도란도란거리는 곳,

―그곳이 차마 꿈엔들 잊힐리야.

― 〈조선지광〉, 1927. 3.

바다 5

바둑돌은
내 손아귀에 만져지는 것이
퍽은 좋은가 보아.

그러나 나는
푸른 바다 한복판에 던졌지.

바둑돌은
바다로 거꾸로 떨어지는 것이
퍽은 신기한가 보아.

당신도 인제는
나를 그만만 만지시고,
귀를 들어 팽개를 치십시오.

나라는 나도
바다로 거꾸로 떨어지는 것이,
퍽은 시원해요.

바둑돌의 마음과
이내 심사는
아아무도 모르지라요.

— 〈조선지광〉, 1927. 3.

자류 柘榴[1]

장미꽃처럼 곱게 피어가는 화로에 숯불,
입춘 때 밤은 마른 풀 사르는 냄새가 난다.

한겨울 지난 자류 열매를 쪼개어
홍보석 같은 알을 한 알 두 알 맛보노니,

투명한 옛 생각, 새론 시름의 무지개여,
금붕어처럼 어린 여릿여릿한 느낌이여.

이 열매는 지난해 시월 상달, 우리 둘의
조그마한 이야기가 비롯될 때 익은 것이어니.

작은 아씨야, 가녀린 동무야, 남몰래 깃들인
네 가슴에 졸음 조는 옥토끼가 한 쌍.

옛 못 속에 헤엄치는 흰 고기의 손가락, 손가락,
외롭게 가볍게 스스로 떠는 은실, 은실,

아아 자류알을 알알이 비추어보며

신라 천년의 푸른 하늘을 꿈꾸노니.

— 〈조선지광〉, 1927. 3.

1 석류.

종달새

삼동내― 얼었다 나온 나를
종달새 지리 지리 지리리……

왜 저리 놀려대누.

어머니 없이 자란 나를
종달새 지리 지리 지리리……

왜 저리 놀려대누.

해 바른 봄날 한종일 두고
모래톱에서 나 홀로 놀자.

산소

서낭산골 시오리 뒤로 두고

어린 누이 산소를 묻고 왔소.

해마다 봄바람 불어오면,

나들이 간 집새 찾아가라고

남먼히 피는 꽃을 심고 왔소.

— 〈신소년〉, 1927. 3.

벚나무 열매

윗입술에 그 벚나무 열매가 다 나았니?

그래 그 벚나무 열매가 지운 듯 스러졌니?

그끄제 밤에 네가 참벌처럼 잉잉거리고 간 뒤로—

불빛은 송홧가루 뻬운¹ 듯 무리를 둘러 쓰고

문풍지에 어렴풋이 얼음 풀린 먼 여울이 떠는구나.

바람세는 연사흘 두고 유달리도 미끄러워

한창때 삭신이 덧나기도 쉽단다.

외로운 섬 강화도로 떠날 임시해서—

윗입술에 그 벚나무 열매가 안 나아서 쓰겠니?

그래 그 벚나무 열매를 그대로 달고 가려니?

— 〈조선지광〉, 1927. 5.

1 '뿌리다'의 방언.

엽서에 쓴 글

나비가 한 마리 날아들어 온 양하고
이 종잇장에 불빛을 돌려대 보시압.
제대로 한동안 파닥거리오리다.
―대수롭지도 않은 산목숨과도 같이.
그러나 당신의 열적은 오라범 하나가
먼 데 가까운 데 가운데 불을 헤이며 헤이며
찬비에 함추름 휘적시고 왔소.
―서럽지도 않은 이야기와도 같이.
누나, 검은 이 밤이 다 희도록
참한 뮤―즈처럼 주무시압.
해발 이천 피트 산봉우리 위에서
이제 바람이 내려옵니다.

― 〈조선지광〉, 1927. 5.

슬픈 기차

우리들의 기차는 아지랑이 남실거리는 섬나라 봄날 온 하루를
익살스런 마도로스 파이프로 피우며 간 단 다.
우리들의 기차는 느으릿 느으릿 유월 소 걸어가듯 걸어 간 단 다.

우리들의 기차는 노오란 배추꽃 비탈밭 새로
헐레벌떡거리며 지나 간 단 다.

나는 언제든지 슬프기는 슬프나마 마음만은 가벼워
나는 차창에 기댄 대로 휘파람이나 날리자.

먼 데 산이 군마처럼 뛰어오고 가까운 데 수풀이 바람처럼 불려
가고
유리판을 펼친 듯, 뇌호내해瀬戸内海¹ 퍼언한 물. 물. 물. 물.
손가락을 담그면 포도빛이 들으렸다.
입술에 적시면 탄산수처럼 끓으렸다.
복스런 돛폭에 바람을 안고 뭇배가 팽이처럼 밀려가 다 간,
나비가 되어 날아간다.

나는 차창에 기댄 대로 옥토끼처럼 고마운 잠이나 들자.

청靑 만틀[2] 깃자락에 마담 R의 고달픈 뺨이 불그레 피었다, 고운 석탄불처럼 이글거린다.

　당치도 않은 어린아이 잠재기 노래를 부르심은 무슨 뜻이뇨?

　　잠들어라.
　　가엾은 내 아들아.
　　잠들어라.

　나는 아들이 아닌 것을, 윗수염 자리 잡혀가는, 어린 아들이 벌써 아닌 것을.
　나는 유리쪽에 갑갑한 입김을 비추어 내가 제일 좋아하는 이름이나 그시며 가 자.
　나는 느긋느긋한 가슴을 밀감쪽으로나 씻어내리자.

　대수풀 울타리마다 요염한 관능과 같은 홍춘紅椿이 피맺혀 있다.
　마당마다 솜병아리 털이 폭신폭신하고,
　지붕마다 연기도 아니 뵈는 햇볕이 타고 있다.
　오오, 개인 날씨야, 사랑과 같은 어질머리야, 어질머리야.

청 만틀 깃자락에 마담 R의 가엾은 입술이 여태껏 떨고 있다.

누나다운 입술을 오늘이야 실컷 절하며 갚노라.

나는 언제든지 슬프기는 슬프나마,

오오, 나는 차보다 더 날아가려지는 아니하련다.

— 〈조선지광〉, 1927. 5.

1 세토나이카이, 일본 혼슈와 규슈 등에 에워싸인 내해.
2 mantle, 망토.

할아버지

할아버지가
담뱃대를 물고
들에 나가시니,
궂은 날도
곱게 개이고,

할아버지가
도롱이를 입고
들에 나가시니,
가문 날도
비가 오시네.

— 〈신소년〉, 1927. 5.

산 너머 저쪽

산 너머 저쪽에는
누가 사나?

뻐꾸기 영 위에서
한나절 울음 운다.

산 너머 저쪽에는
누가 사나?

철나무 치는 소리만
서로 맞아 쩌 르 렁!

산 너머 저쪽에는
누가 사나?

늘 오던 바늘 장수도
이 봄 들며 아니 뵈네.

— 〈신소년〉, 1927. 5.

해바라기 씨

해바라기 씨를 심자.
담모퉁이 참새 눈 숨기고
해바라기 씨를 심자.

누나가 손으로 다지고 나면
바둑이가 앞발로 다지고
괭이가 꼬리로 다진다.

우리가 눈 감고 한밤 자고 나면
이슬이 내려와 같이 자고 가고,

우리가 이웃에 간 동안에
햇빛이 입맞추고 가고,

해바라기는 첫 시악시인데
사흘이 지나도 부끄러워
고개를 아니 든다.

가만히 엿보러 왔다가

소리를 깩! 지르고 간 놈이—
오오, 사철나무 잎에 숨은
청개고리 고놈이다.

— 〈신소년〉, 1927. 6.

오월 소식

오동나무 꽃으로 불 밝힌 이곳 첫여름이 그립지 아니한가?
어린 나그네 꿈이 시시로 파랑새가 되어 오려니.
나무 밑으로 가나 책상 턱에 이마를 고일 때나,
네가 남기고 간 기억만이 소곤소곤거리는구나.

모처럼만에 날라온 소식에 반가운 마음이 울렁거리어
가여운 글자마다 먼 황해가 남실거리나니.

……나는 갈매기 같은 종선을 한창 치달리고 있다……

쾌활한 오월 넥타이가 내처 난데없는 순풍이 되어,
하늘과 딱 닿은 푸른 물결 위에 솟은,
외딴 섬 로맨틱을 찾아갈까나.

일본말과 아라비아 글씨를 가르치러 간
쬐그만 이 페스탈로치야, 꾀꼬리 같은 선생님이야,
날마다 밤마다 섬 둘레가 근심스런 풍랑에 씹히는가 하노니,
은은히 밀려오는 듯 머얼리 우는 오르간 소리……

— 〈조선지광〉, 1927. 6.

황마차幌馬車

이제 마악 돌아나가는 곳은 시계집 모퉁이, 낮에는 처마 끝에 달아맨 종달새란 놈이 도회 바람에 나이를 먹어 조금 연기 끼인 듯한 소리로 사람 흘러내려 가는 쪽으로 그저 지줄지줄거립니다.

그 고달픈 듯이 깜박깜박 졸고 있는 모양이—가엾은 잠의 한점이랄지요—부칠 데 없는 내 맘에 떠오릅니다. 쓰다듬어주고 싶은, 쓰다듬을 받고 싶은 마음이올시다. 가엾은 내 그림자는 검은 상복처럼 지향 없이 흘러내려 갑니다. 촉촉이 젖은 리본 떨어진 낭만풍의 모자 밑에는 금붕어의 분류奔流와 같은 밤 경치가 흘러내려 갑니다. 길옆에 늘어선 어린 은행나무들은 이국異國 척후병斥候兵의 걸음제로 조용조용히 흘러내려 갑니다.

슬픈 은안경이 흐릿하게
밤비는 옆으로 무지개를 그린다.

이따금 지나가는 늦은 전차가 끼이익 돌아나가는 소리에 내 조고만 혼이 놀란 듯이 파닥거리나이다. 가고 싶어 따듯한 화롯가를 찾아가고 싶어. 좋아하는 코—란 경을 읽으면서 남경南京 콩이나 까먹고 싶어, 그러나 나는 찾아 돌아갈 데가 있을라구요?

네거리 모퉁이에 씩씩 뽑아 올라간 붉은 벽돌집 탑에서는 거만스런 XII시가 피뢰침에게 위엄 있는 손가락을 치어들었소. 이제야 내 모가지가 쭐뼷 떨어질 듯도 하구려. 솔잎새 같은 모양새를 하고 걸어가는 나를 높다란 데서 굽어보는 것은 아주 재미있을 게지요. 마음 놓고 술술 소변이라도 볼까요. 헬멧 쓴 야경 순사가 필름처럼 쫓아오겠지요!

네거리 모퉁이 붉은 담벼락이 흠씩 젖었소. 슬픈 도회의 뺨이 젖었소. 마음은 열없이 사랑의 낙서를 하고 있소. 홀로 글썽글썽 눈물짓고 있는 것은 가엾은 소―나의 신세를 비추는 빨간 전등의 눈알이외다. 우리들의 그 전날 밤은 이다지도 슬픈지요. 이다지도 외로운지요. 그러면 여기서 두 손을 가슴에 여미고 당신을 기다리고 있으리까?

길이 아주 질어 터져서 뱀 눈알 같은 것이 반짝반짝거리고 있소. 구두가 어찌나 크던동 걸어가면서 졸님이 오십니다. 진흙에 착 붙어버릴 듯하오. 철없이 그리워 동그스레한 당신의 어깨가 그리워. 거기에 내 머리를 대면 언제든지 머언 따뜻한 바다 울음이 들려오더니……

······아아, 아무리 기다려도 못 오실 이를······

　기다려도 못 오실 이 때문에 졸린 마음은 황마차를 부르노니,
휘파람처럼 불려 오는 황마차를 부르노니, 은으로 만든 슬픔을 실
은 원앙새 털 깐 황마차, 꼬옥 당신처럼 참한 황마차, 찰 찰찰 황마
차를 기다리노니.

― 〈조선지광〉, 1927. 6.

선취 船醉 1

배 난간에 기대서서 휘파람을 날리나니
새까만 등솔기에 팔월달 햇살이 따가워라.

금단추 다섯 개 단 자랑스러움, 내처 시달픔.
아리랑 조라도 찾아볼까, 그 전날 부르던,

아리랑 조 그도 저도 다 잊었습네, 인제는 벌써,
금단추 다섯 개를 비우고 가자, 파아란 바다 위에.

담배도 못 피우는, 수탉 같은 머언 사랑을
홀로 피우며 가노니, 늬긋늬긋 흔들흔들리면서.

— 〈학조〉, 1927. 6.

압천 鴨川

압천 십 리 벌에
해는 저물어…… 저물어……

날이 날마다 님 보내기
목이 잦았다…… 여울 물소리……

찬 모래알 쥐어짜는 찬 사람의 마음,
쥐어짜라. 바수어라. 시원치도 않아라.

여뀌풀 우거진 보금자리
뜸부기 홀어멈 울음 울고,

제비 한 쌍 떴다,
비맞이 춤을 추어.

수박 냄새 품어오는 저녁 물바람.
오렌지 껍질 씹는 젊은 나그네의 시름.

압천 십 리 벌에

해가 저물어…… 저물어……

— 〈학조〉, 1927. 6.

발열

처마 끝에 서린 연기 따라
포도순이 기어나가는 밤, 소리 없이,
가물은 땅에 스며든 더운 김이
등에 서리나니, 훈훈히,
아아, 이 애 몸이 또 달아오르노라.
가쁜 숨결을 드내 쉬노니, 박나비처럼,
가녀린 머리, 주사[1] 찍은 자리에, 입술을 붙이고
나는 중얼거리다, 나는 중얼거리다,
부끄러운 줄도 모르는 다신교도와도 같이.
아아, 이 애가 애자지게 보채노라!
불도 약도 달도 없는 밤,
아득한 하늘에는
별들이 참벌 날 듯하여라.

— 〈조선지광〉, 1927. 7.

---

1 짙은 붉은색의 광물질로 한방에서 열을 내리는 데 사용하였음.

말 1

말아, 다락 같은 말아—,
너는 점잖도 하다마는
너는 왜 그리 슬퍼 뵈니?
말아, 사람 편인 말아,
검정콩 푸렁콩을 주마.

이 말은 누가 난 줄도 모르고
밤이면 먼 데 달을 보며 잔다.

— 〈조선지광〉, 1927. 7.

풍랑몽 風浪夢 1

당신께서 오신다니
당신은 어찌나 오시렵니까.

끝없는 울음바다를 안으올 때
포도빛 밤이 밀려오듯이,
그 모양으로 오시렵니까.

당신께서 오신다니
당신은 어찌나 오시렵니까.

물 건너 외딴 섬, 은회색 거인이
바람 사나운 날, 덮쳐오듯이,
그 모양으로 오시렵니까.

당신께서 오신다니
당신은 어찌나 오시렵니까.

창밖에는 참새 떼 눈초리 무겁고
창 안에는 시름겨워 턱을 고일 때,

은고리 같은 새벽달
부끄럼성스런 낯가림을 벗듯이,
그 모양으로 오시렵니까.

외로운 졸음, 풍랑에 어리울 때
앞 포구에는 궂은비 자욱이 둘리고
행선行船 배 북이 웁니다, 북이 웁니다.

— 〈조선지광〉, 1927. 7.

태극선 太極扇

이 아이는 고무볼을 따라
흰 산양이 서로 부르는 푸른 잔디 위로 달리는지도 모른다.

이 아이는 범나비 뒤를 그리어
소스라치게 위태한 절벽 가를 내닫는지도 모른다.

이 아이는 내처 날개가 돋쳐
꽃잠자리 제자를 슨 하늘로 도는지도 모른다.

(이 아이가 내 무릎 위에 누운 것이 아니라)

새와 꽃, 인형 납병정 기관차들을 거느리고
모래밭과 바다, 달과 별 사이로
다리 긴 왕자처럼 다니는 것이려니,

(나도 일찍이, 저물도록 흐르는 강가에
이 아이를 뜻도 아니한 시름에 겨워
풀피리만 찢은 일이 있다)

이 아이의 비단결 숨소리를 보라.
이 아이의 씩씩하고도 보드라운 모습을 보라.
이 아이 입술에 깃든 박꽃 웃음을 보라.

(나는, 쌀, 돈 셈, 지붕 샐 것이 문득 마음 키인다)

반딧불 하릿하게 날고
지렁이 기름불만치 우는 밤,
모여드는 훗훗한 바람에
슬프지도 않은 태극선 자루가 나부끼다.

— 〈조선지광〉, 1927. 8.

말 2

청대나무 뿌리를 우여어차! 잡아 뽑다가 궁둥이를 찧었네.
짠 조수 물에 흠뻑 불리어 휙휙 내두르니 보랏빛으로 피어오른
하늘이 만만하게 비여진다.
채찍에서 바다가 운다.
바다 위에 갈매기가 흩어진다.

오동나무 그늘에서 그리운 양 졸리운 양한 내 형제 말님을 찾아
갔지.
"형제여, 좋은 아침이오."
말님 눈동자에 엊저녁 초사흘 달이 하릿하게 돌아간다.
"형제여 뺨을 돌려 대소. 왕왕."

말님의 하이얀 이빨에 바다가 시리다.
푸른 물 들 듯한 언덕에 햇살이 자개처럼 반짝거린다.
"형제여, 날씨가 이리 휘영청 개인 날은 사랑이 부질없어라."

바다가 치마폭 잔주름을 잡아온다.
"형제여, 내가 부끄러운 데를 싸매었으니
그대는 코를 풀어라."

구름이 대리석 빛으로 퍼져나간다.
채찍이 번뜻 배암을 그린다.
"오호! 호! 호! 호! 호! 호! 호!"

말님의 앞발이 뒷발이오 뒷발이 앞발이라.
바다가 네 귀로 돈다.
쉿! 쉿! 쉿!
말님의 발이 여덟이오 열여섯이라.
바다가 이리 떼처럼 짖으며 온다.
쉿! 쉿! 쉿!
어깨 위로 넘어 닿는 마파람이 휘파람을 불고
물에서 뭍에서 팔월이 퍼덕인다.

"형제여, 오오, 이 꼬리 긴 영웅이야!"
날씨가 이리 휘영청 개인 날은 곱슬머리가 자랑스럽소라!

— 〈조선지광〉, 1927. 9.

우리나라 여인들은

우리나라 여인들은 오월달이로다. 기쁨이로다.

여인들은 꽃 속에서 나오도다. 짚단 속에서 나오도다.

수풀에서, 물에서, 뛰어나오도다.

여인들은 산과실처럼 붉도다.

바다에서 주운 바둑돌 향기로다.

난류처럼 따뜻하도다.

여인들은 양에게 푸른 풀을 먹이는도다.

소에게 시냇물을 마시우는도다.

오리알, 흰 알을, 기르는도다.

여인들은 원앙새 수를 놓도다.

여인들은 맨발 벗기를 좋아하도다. 부끄러워하도다.

여인들은 어머니 머리를 감으는도다.

아버지 수염을 자랑하는도다. 놀려대는도다.

여인들은 생율도, 호두도, 딸기도, 감자도, 잘 먹는도다.

여인들은 팔굽이가 동글도다. 이마가 희도다.

머리는 봄풀이로다. 어깨는 보름달이로다.

여인들은 성 위에 서도다. 거리로 달리도다.

공회당에 모이도다.

여인들은 소프라노로다. 바람이로다.

흙이로다. 눈이로다. 불이로다.

여인들은 까아만 눈으로 인사하는도다.

입으로 대답하는도다.

유월 볕 한낮 재 돌아가는 해바라기 송이처럼,

하느님께 숙이도다.

여인들은 푸르다. 사철나무로다.

여인들은 우물을 깨끗이 하도다.

점심밥을 잘 싸주도다. 수통에 더운 물을 담아주도다

여인들은 시험관을 비추도다. 원을 그리도다. 선을 치도다.

기상대에 붉은 기를 달도다.

여인들은 바다를 좋아하도다. 만국지도를 좋아하도다.

나라 지도가 무슨 ××로 ×한지를 아는도다.

무슨 물감으로 물들일 줄을 아는도다.

여인들은 산을 좋아하도다. 망원경을 좋아하도다.

거리를 측정하도다. 원근을 조준하도다.

×××로 쓰도다. ××하도다.

여인들은 ××와 자유와 깃발 아래로 비둘기처럼 흩어지도다.

××와 ××와 깃발 아래로 참벌 떼처럼 모아들도다.

우리 ×× 여인들은 ×××이로다. 햇빛이로다.

— 〈조선지광〉, 1928. 5.

갈매기

돌아다보아야 언덕 하나 없다, 솔나무 하나 떠는 풀잎 하나 없다.

해는 하늘 한복판에 백금 도가니처럼 끓고, 똥그란 바다는 이제 팽이처럼 돌아간다. 갈매기야, 갈매기야, 너는 고양이 소리를 하는구나.

고양이가 이런 데 살 리야 있나, 너는 어디서 났니? 목이야 희기도 희다, 나래도 희다, 발톱이 깨끗하다, 뛰는 고기를 문다.

흰 물결이 치어들 때 푸른 물굽이가 내려앉을 때,

갈매기야, 갈매기야, 아는 듯 모르는 듯 너는 생겨났지,

내사 검은 밤비가 섬돌 위에 울 때 호롱불 앞에 났다더라.

내사 어머니도 있다, 아버지도 있다, 그이들은 머리가 희시다.

나는 허리가 가는 청년이라, 내 홀로 사모한 이도 있다, 대추나무 꽃피는 동네다 두고 왔단다.

갈매기야, 갈매기야, 너는 목으로 물결을 감는다, 발톱으로 민다.

물속을 든다, 솟는다, 떠돈다, 모로 난다.

너는 쌀을 아니 먹어도 사나? 내 손이사 짓부풀어졌다.

수평선 위에 구름이 이상하다, 돛폭에 바람이 이상하다.

팔뚝을 끼고 눈을 감았다, 바다의 외로움이 검은 넥타이처럼 만져진다.

— 〈조선지광〉, 1928. 9.

바람 1

바람.
바람.
바람.

너는 내 귀가 좋으냐?
너는 내 코가 좋으냐?
너는 내 손이 좋으냐?

내사 온통 빨개졌네.

내사 아무치도 않다.

호 호 추워라 구보로!

—《조선동요선집》, 1928.

겨울

빗방울 내리다 유리알로 굴러
한밤중 잉크빛 바다를 건너다.

— 〈조선지광〉, 1930. 1.

유리창 1

유리에 차고 슬픈 것이 어른거린다.
열없이 붙어서서 입김을 흐리우니
길들은 양 언 날개를 파닥거린다.
지우고 보고 지우고 보아도
새까만 밤이 밀려나가고 밀려와 부딪히고,
물 먹은 별이, 반짝, 보석처럼 박힌다.
밤에 홀로 유리를 닦는 것은
외로운 황홀한 심사이어니,
고운 폐혈관이 찢어진 채로
아아, 너는 산새처럼 날아갔구나!

— 〈조선지광〉, 1930. 1.

바다 6

고래가 이제 횡단한 뒤
해협이 천막처럼 퍼덕이오.

……흰 물결 피어오르는 아래로 바둑돌 자꾸자꾸 내려가고,

은방울 날리듯 떠오르는 바다 종달새……

한나절 노려보오 훔켜잡아 고 빨간 살 뺏으려고.

※

미역 잎새 향기한 바위틈에
진달래 꽃빛 조개가 햇살 쪼이고,
청제비 제 날개에 미끄러져 도─네
유리판 같은 하늘에.
바다는─속속들이 보이오.
청댓잎처럼 푸른
바다
봄

※

꽃봉오리 줄등 켜듯 한
조그만 산으로―하고 있을까요.

솔나무 대나무
다옥한 수풀로―하고 있을까요.

노랑 검정 알롱달롱한
블랑키트 두르고 쪼그린 호랑이로―하고 있을까요.

당신은 '이러한 풍경'을 데불고
흰 연기 같은
바다
멀리멀리 항해합쇼.

― 〈시문학〉, 1930. 5.

피리

자네는 인어를 잡아
아씨를 삼을 수 있나?

달이 이리 창백한 밤엔
따뜻한 바다 속에 여행도 하려니.

자네는 유리 같은 유령이 되어
뼈만 앙상하게 보일 수 있나?

달이 이리 창백한 밤엔
풍선을 잡아타고
화분 날리는 하늘로 둥둥 떠오르기도 하려니.

아무도 없는 나무 그늘 속에서
피리와 단둘이 이야기하노니.

— 〈시문학〉, 1930. 5.

저녁 햇살

불 피어오르듯 하는 술
한숨에 키어도 아아 배고파라.

수줍은 듯 놓인 유리컵
바작바작 씹는대도 배고프리.

네 눈은 고만高慢스런 흑단추.
네 입술은 서운한 가을철 수박 한 점.

빨아도 빨아도 배고프리.

술집 창문에 붉은 저녁 햇살
연연하게 탄다, 아아 배고파라.

— 〈시문학〉, 1930. 5.

호수 1

얼굴 하나야
손바닥 둘로
폭 가리지만,

보고 싶은 마음
호수만 하니
눈 감을 밖에.

— 〈시문학〉, 1930. 5.

호수 2

오리 모가지는
호수를 감는다.

오리 모가지는
자꾸 간지러워.

— 〈시문학〉, 1930. 5.

아침

프로펠러 소리……
선연한 커―브를 돌아나갔다.

쾌청! 짙푸른 유월 도시는 한 층계 더 자랐다.

나는 어깨를 고르다.
하품…… 목을 뽑다.
붉은 수탉모양 하고
피어오르는 분수를 물었다…… 뿜었다……
햇살이 함빡 백공작의 꼬리를 폈다.

수련이 화판을 폈다.
오므라졌던 잎새. 잎새. 잎새.
방울방울 수은을 바쳤다.
아아 유방처럼 솟아오른 수면!
바람이 구르고 게우가 미끄러지고 하늘이 돈다.

좋은 아침―
나는 탐하듯이 호흡하다.

때는 구김살 없는 흰 돛을 달다.

— 〈조선지광〉, 1930. 8.

바다 7

바다는
푸르오,
모래는
희오, 희오,
수평선 위에
살포―시 내려앉는
정오 하늘,
한 한가운데 돌아가는 태양,
내 영혼도
이제
고요히 고요히 눈물겨운 백금 팽이를 돌리오.

― 〈신소설〉, 1930. 9.

바다 8

흰 구름
피어오르오,
내음새 좋은 바람
하나 찼소.
미역이 휙지고
소라가 살 오르고
아아, 생강집같이
맛들은 바다,
이제
칼날 같은 상어를 본 우리는
뱃머리로 달려나갔소,
구멍 뚫린 붉은 돛폭 퍼덕이오,
힘은 모조리 팔에!
창끝은 꼭 바로!

— 〈신소설〉, 1930. 9.

절정

석벽에는

주사가 찍혀 있소.

이슬 같은 물이 흐르오.

나래 붉은 새가

위태한 데 앉아 따먹으오.

산포도 순이 지나갔소.

향그런 꽃뱀이

고원 꿈에 옴치고 있소.

거대한 주검 같은 장엄한 이마,

기후조氣候鳥가 첫 번 돌아오는 곳,

상현달이 사라지는 곳,

쌍무지개 다리 디디는 곳,

아래서 볼 때 오리온 성좌와 키가 나란하오.

나는 이제 상상봉에 섰소.

별만한 흰 꽃이 하늘대오.

민들레 같은 두 다리 간조롱해지오.

해 솟아오르는 동해—

바람에 향하는 먼 기폭처럼

뺨에 나부끼오.

—〈학생〉, 1930. 10.

별똥

별똥 떨어진 곳,

마음에 두었다

다음날 가보려,

벼르다 벼르다

인젠 다 자랐소.

—〈학생〉, 1930. 10.

유리창 2

내어다보니
아주 캄캄한 밤,
어험스런[1] 뜰 앞 잣나무가 자꾸 커 올라간다.
돌아서서 자리로 갔다.
나는 목이 마르다.
또, 가까이 가
유리를 입으로 쪼다.
아아, 항 안에 든 금붕어처럼 갑갑하다.
별도 없다, 물도 없다, 휘파람 부는 밤.
소증기선처럼 흔들리는 창.
투명한 보랏빛 누뤼[2]알아,
이 알몸을 끄집어내라, 때려라, 부릇내라.
나는 열이 오른다.
뺨은 차라리 연정스러이
유리에 부빈다, 차디찬 입맞춤을 마신다.
쓰라리, 알연히, 그싯는 음향—
머언 꽃!
도회에는 고운 화재가 오른다.

한국문학을 권하다 시리즈 (전 30권)

재미있게 읽는
내 생애 첫 한국문학

문학 읽기의
즐거움을 권하는
한국문학 총서

한국문학 총서 중
최다 작품 수록

젊고 새로운 감각으로
문학의 즐거움 재조명

서플북스

한국문학을 권하다 시리즈

한국문학을 권하다 시리즈는 누구나 제목 정도는 알고 있으나 대개는 읽지 않은 위대한 한국문학을 즐겁게 소개하기 위해서 기획되었다. 문학으로서의 즐거움을 살린 쉬운 해설과 편집 기술을 통해 여태껏 단행본으로 출간된 적 없는 작품들까지 발굴해 묶어 국내 한국문학 총서 중 최다 작품을 수록하였다.

01 이광수 중단편선집
소년의 비애

고정욱 작가 추천 | 532쪽 | 값 13,500원

**시대의 아픔과 사랑을 탁월한 심리묘사로 담아내
문학의 대중화를 꽃피운 춘원 이광수의 대표작 모음!**

사회현실에 대응하는 젊은 지식인의 내면세계를 그려낸
이광수 작품의 모태가 되었던 중단편소설 총 15편 수록.

02 염상섭 장편소설
삼대

임정진 작가 추천 | 676쪽 | 값 14,500원

**돈과 욕망을 둘러싼 삼대에 걸친 세대 갈등
탁월한 이야기꾼 염상섭의 꼭 읽어야 할 장편소설**

한국 근대사회의 격변기에 개인과 사회의 욕망을
삼대의 가족사를 통해 그려낸 수작.

03 김동인 단편전집 1
감자

구병모 작가 추천 | 696쪽 | 값 15,000원

**인간의 원초적인 욕망과 본성의 근원을 탐구한
한국 단편 문학의 선구자 김동인의 작품세계**

예술지상주의를 표방하고 순수문학을 지향했던
김동인의 단편소설 36편 총망라.

04 현진건 단편전집
운수 좋은 날

박상률 작가 추천 | 356쪽 | 값 12,800원

**하층민의 비극적인 삶을 사실적으로 그려내며
한국 단편소설의 금자탑을 이룬 현진건 문학의 백미**

다양한 작품을 통해 개인의식과 역사의식을 사실적으로
묘사한 대표적인 단편소설 21편 수록.

05 심훈 장편소설
상록수

이경자 작가 추천 | 416쪽 | 값 13,000원

**민족의식과 애향심을 높이는 계몽문학의 전형,
가장 한국적인 농민문학으로 꼽는 심훈의 대표작**

민족주의와 계급적 저항의식 및 휴머니즘이 관류하며
본격적인 농민문학의 장을 여는 데 크게 공헌한 작품.

06 채만식 대표작품집 1
태평천하

김이윤 작가 추천 | 500쪽 | 값 13,500원

**속물적이고 천박한 가족주의를 반어와 역설로
날카롭게 풍자한 천재작가 채만식의 대표작**

현실 풍자를 통해 독자적인 작품세계를 구축한
채만식의 대표 작품 〈태평천하〉 〈냉동어〉 〈허생전〉 수록.

23 이상 시·산문전집
오감도·권태

임영태 작가 추천 | 400쪽 | 값 13,500원

**끊임없이 재해석되는 천재 작가 이상의
'시'와 '산문'에 꽃피운 위트와 패러독스**

현대인의 절망과 불안 심리를 언어체계의 해체와
파격적인 난해함으로 승화한 이상의 작품 모음.

24 이광수 장편소설
단종애사

고정욱 작가 추천 | 580쪽 | 값 14,800원

**단종과 사육신, 역사를 생생하게 복원한
춘원 이광수가 가장 애착을 가졌던 작품**

불운한 왕 단종의 애통함과 사육신의 의리를
흥미진진하게 그려낸 다시 주목할 춘원의 역사소설.

25 이광수 장편소설
원효대사

고정욱 작가 추천 | 548쪽 | 값 14,500원

**원효대사를 통해 민족의 소망을 제시한
춘원 이광수의 마지막 신문 연재 장편소설**

파계승으로 알려진 '원효'를 대중의 가슴에 남게 한 역작
불교적 소재를 문학으로 끌어안은 사랑 이야기.

26 이광수 장편소설
재생

고정욱 작가 추천 | 604쪽 | 값 14,800원

**유머와 감동, 베스트셀러 요소를 모두 갖춘
춘원 이광수의 가장 흥미로운 장편 연애소설**

풍부한 우리말 어휘, 강력한 주제성으로 무기력한
청년들에게 재생의 불씨를 심겨준 춘원의 숨은 걸작.

27 나도향 중단편전집
벙어리 삼룡이

노경실 작가 추천 | 612쪽 | 값 14,800원

**본능과 탐욕으로 괴로워하는 인간의 모습을
냉철한 시각으로 담아낸 나도향의 작품세계**

시대의 불안과 두려움에 굴복하는 밑바닥 인생들을
사실적으로 형상화한 중단편소설 21편 수록.

28 정지용 시전집
향수

이진명 작가 추천 | 248쪽 | 값 12,800원

**섬세하고 독특한 언어로 우리말의 아름다움을
보여준 한국 현대시의 아버지 정지용의 시세계**

기존 전집의 오류를 수정 보완하고 새로 발굴된
작품을 모두 포함한 정지용 창작시 148편 총망라.

29 최서해 단편전집 1
탈출기

이경혜 작가 추천 | 432쪽 | 값 13,500원

**식민시대 민중의 절대 빈곤과 분노를
사실적으로 그려낸 최서해의 단편 모음**

민족적 참상을 독특한 체험을 바탕으로
진술하게 그려낸 단편소설 24편 수록.

30 박태원 장편소설
천변풍경

이명랑 작가 추천 | 432쪽 | 값 13,500원

**청계천변에서 살아가는 다양한 인물들의 삶을
파노라마 형식으로 담아낸 박태원의 역작**

영화적 기법을 소설에 도입해 가난한 사람들의 일상과
삶의 애환을 사실적으로 담아낸 세태소설.

"내 생애 최고의 한국문학을 권하다"
젊고 새로운 감각으로
문학 읽기의 즐거움 재조명

어려운 해설 대신 '내 생애 첫 한국문학'이라는 주제로 현재 문단에서 활발하게 활동 중인 구병모, 고명철, 고정욱, 김이윤, 노경실, 박상률, 방현희, 이경자, 이경혜, 이명랑, 이진명, 임영태, 임정진 등의 작가들이 쓴 인상기를 실었다. 지금까지 시험 대비로만 읽어 왔던 작품에 새로운 의미를 부여하여, 문학 그 자체의 매력을 맛보는 새로운 감상의 기회를 제공할 것이다.

 "밤을 새워 춘원의 작품을 읽고 난 뒤
가슴이 설레어 잠도 잘 수 없었다." 고정욱, 소설가

 "염상섭만큼 세대 간의 가치충돌과 가족심리를
탁월하게 그려낸 작가가 또 있을까?" 임정진, 소설가

 "김동인의 존재는 글을 써서 살아가는
나를 반사하는 거울 같기도 하다." 구병모, 소설가

 "사실주의 문학을 개척한 현진건 작품 속의
주인공들은 내 삶의 폭을 한층 더 넓혀줬다." 박상률, 소설가

 "심훈의 작품은 거의 하얀 도화지 같았던 내 정신에
아름다운 밑그림을 그려주었다." 이경자, 소설가

 "쉽지 않은 세상을 어떻게 살 것인가,
채만식이 건네는 확대경을 들여다보자." 김이윤, 소설가

 "사람과의 관계에 피로감을 느낄 때
이태준의 소설은 삶의 청량제이다." 고명철, 평론가

— 〈신생〉, 1931. 1.

1 어험스럽다. 의젓하고 위엄이 있어 보이는 듯하다.
2 누리. 우박을 뜻함.

성부활주일

방지거

삼위성녀 다다르니
돌문이 이미 굴렀도다
아아 은미한 중에 열린 돌문이여
너— 또한 복되도다
천주 성시 호위합도 너—러니
천주 성자 부활빙자 너—로다
성릉이 부이오니
림보는 폐허되고
큰 돌이 옮기오니
천당 문이 열리도다
이 새벽에 해가 이미 솟았으니
너— 거듭 새론 태양이여!
수정처럼 개인 하늘
너— 거듭 열린 궁창穹蒼이여!
비둘기야 날으라 봉황이여 춤추라
케루팜이여 사라팜이여 찬양하여라
성인이여 성녀여 합창하여라
의인이여 기뻐하라 죄인이여 용약하라
사탄아 악령아 둘이 다 전율하라

아아 천주 부활하시도다 할렐루야

스스로 나오시고

몸소 죽으시고

스스로 다시 살아나신 날! 할렐루야

죽음을 이기신 날

상성을 펴신 날

천지 대권위가 거듭 비롯한 날

죽음으로 죽은 이와의 자손이

영복으로 다시 살아날―앞 날

만왕의 왕의 날

신약의 안식일

조성하신 많은 날 중에 새로 조성하신 한 날!

영복 중에 영복 날!

할렐루야 할렐루야

― 〈별〉, 1931. 4.

그의 반

내 무엇이라 이름하리 그를?
나의 영혼 안의 고운 불,
공손한 이마에 비추는 달,
나의 눈보다 값진 이,
바다에서 솟아올라 나래 떠는 금성,
쪽빛 하늘에 흰 꽃을 달은 고산식물,
나의 가지에 머물지 않고
나의 나라에서도 멀다.
홀로 어여뻐 스스로 한가로워―항상 머언 이,
나는 사랑을 모르노라 오로지 수그릴 뿐.
때없이 가슴에 두 손이 여미어지며
굽이굽이 돌아나간 시름의 황혼길 위―
나― 바다 이편에 남긴
그의 반임을 고이 지니고 걷노라.

― 〈시문학〉, 1931. 10.

풍랑몽 2

바람은 이렇게 몹시도 부웁는데
저 달 영원의 등화燈火!
꺼질 법도 아니하옵거니,
엊저녁 풍랑 위에 님 실려 보내고
아닌 밤중 무서운 꿈에 소스라쳐 깨옵니다.

— 〈시문학〉, 1931. 10.

촛불과 손

고요히 그싯는 솜씨로
방 안 하나 차는 불빛!

별안간 꽃다발에 안긴 듯이
올빼미처럼 일어나 큰 눈을 뜨다.

※

그대의 붉은 손이
바위틈에 물을 따오다,
산양의 젖을 옮기다,
간소한 채소를 기르다,
오묘한 가지에
장미가 피듯이
그대 손에 초밤불[1]이 낳도다.

— 〈신여성〉, 1931. 11.

1 어두워졌을 때 처음 켜는 불.

무서운 시계

오빠가 가시고 난 방 안에
숯불이 박꽃처럼 사위어간다.

산모루¹ 돌아가는 차, 목이 쉬어
이 밤사 말고 비가 오시려나?

망토 자락을 여미며 여미며
검은 유리만 내어다 보시겠지!

오빠가 가시고 나신 방 안에
시계 소리 서마 서마 무서워.

— 〈문예월간〉, 1932. 1.

1 '산모롱이'의 방언.

난초

난초잎은
차라리 수묵색.

난초잎에
엷은 안개와 꿈이 오다.

난초잎은
한밤에 여는 다문 입술이 있다.

난초잎은
별빛에 눈떴다 돌아눕다.

난초잎은
드러난 팔굽이를 어쩌지 못한다.

난초잎에
적은 바람이 오다.

난초잎은

춥다.

― 〈신생〉, 1932. 1.

밤

눈 머금은 구름 새로
흰 달이 흐르고,

처마에 서린 탱자나무가 흐르고,

외로운 촛불이, 물새의 보금자리가 흐르고……

표범 껍질에 호젓하이 싸여
나는 이 밤, '적막한 홍수'를 누워 건너다.

— 〈신생〉, 1932. 1.

바람 2

바람 속에 장미가 숨고
바람 속에 불이 깃들다.

바람에 별과 바다가 씻기우고
푸른 묏부리[1]와 나래가 솟다.

바람은 음악의 호수
바람은 좋은 알리움!

오롯한 사랑과 진리가 바람에 옥좌를 고이고
커다란 하나와 영원이 펴고 날다.

— 〈동방평론〉, 1932. 4.

---

1 '묏부리'의 방언. 산등성이나 산봉우리에서 가장 높은 꼭대기.

봄

외까마귀 울며 난 아래로
허울한 돌기둥 넷이 서고,
이끼 흔적 푸르른데
황혼이 붉게 물들다.

거북 등 솟아오른 다리
길기도 한 다리,
바람이 수면에 옮기니
휘이 비껴 쓸리다.

— 〈동방평론〉, 1932. 4.

바다 9

바다는 끊임없이 안고 싶은 것이다.

하도 크고 둥글고 하기 때문에

스스로 솟는 구르는 오롯한 사랑 둘레!

한량없는 죽음을 싸고 돈다.

큰 밤과 같은 무서움인가 하면

한낮에 부르는 그윽한 손짓!

아아, 죽음이여,

고요히 내려앉는 황홀한 나비처럼!

나의 가슴에 머무르라.

물 한을 닿은 은선 위에

의로운 돛이 날고

나의 사유思惟는 다시 사랑의 나래를 펴다.

섬 둘레에 봄볕이 푸른데

별만치 많은 굴깍지 잠착하고

나는 눈 감다.

— 〈부인공론〉, 1932. 5.

석취 石臭

화려花麗한 거리—
금 부어 못인 듯
황홀한 밤거리를
지나친다.

인기척 그친
다리 몫에 다다르니
발아래선 졸졸졸 잔물결
호젓한 밤 이야기에 짙어간다.

부칠 데 없는 여윈 볼
둘 곳을 찾은 듯이
난간에 부비며
돌을 맡다.

— 〈부인공론〉, 1932. 5.

달

선뜻! 뜨인 눈에 하나 차는 영창
달이 이제 밀물처럼 밀려오다.

미욱한 잠과 베개를 벗어나
부르는 이 없이 불려 나가다.

※

한밤에 홀로 보는 나의 마당은
호수같이 둥긋이 차고 넘치노라.

쪼그리고 앉은 한옆에 흰 돌도
이마가 유달리 함초롬 고와라.

연연턴 녹음, 수묵색으로 짙은데
한창때 곤한 잠인 양 숨소리 설키도다.

비둘기는 무엇이 궁거워 구구 우느뇨,
오동나무 꽃이야 못 견디게 향기롭다.

— 〈신생〉, 1932. 6.

조약돌

조약돌 도글도글……
그는 나의 혼의 조각이러뇨.

앓는 피에로의 설움과
첫길에 고달픈
청제비의 푸념 겨운 지즐댐과,
꼬집어 아직 붉어 오르는
피에 맺혀,
비 날리는 이국 거리를
탄식하며 헤매노라.

조약돌 도글도글……
그는 나의 혼의 조각이러뇨.

— 〈동방평론〉, 1932. 7.

기차

할머니
무엇이 그리 설워 우시나?
울며 울며
녹아도鹿兒島로 간다.

해어진 왜포 수건에
눈물이 함촉,
영! 눈에 어른거려
기대도 기대도
내 잠 못 들겠소.

내도 이가 아파서
고향 찾아가오.

배추꽃 노란 사월 바람을
기차는 간다고
악물며 악물며 달린다.

— 〈동방평론〉, 1932. 7.

고향

고향에 고향에 돌아와도
그리던 고향은 아니러뇨.

산꿩이 알을 품고
뻐꾸기 제철에 울건만,

마음은 제 고향 지니지 않고
머언 항구로 떠도는 구름.

오늘도 메 끝에 홀로 오르니
흰 점 꽃이 인정스레 웃고,

어린 시절에 불던 풀피리 소리 아니 나고
메마른 입술에 쓰디쓰다.

고향에 고향에 돌아와도
그리던 하늘만이 높푸르구나.

— 〈동방평론〉, 1932. 7.

은혜

회한도 또한
거룩한 은혜.

깁실인 듯 가는 봄볕이
골에 굳은 얼음을 쪼개고,

바늘같이 쓰라림에
솟아 동그는 눈물!

귀밑에 아른거리는
요염한 지옥불을 끄다.

간곡한 한숨이 뉘게로 사무치느뇨?
질식한 영혼에 다시 사랑이 이슬 나리도다.

회한에 나의 해골을 잠그고저.
아아 아프고저!

—〈별〉, 1932. 8.

해협

포탄으로 뚫은 듯 동그란 선창으로
눈썹까지 부풀어 오른 수평水平이 엿보고,

하늘이 함폭 내려앉아
크낙한 암탉처럼 품고 있다.

투명한 어족魚族이 행렬하는 위치에
훗하게 차지한 나의 자리여!

망토 깃에 솟은 귀는 소라 속같이
소란한 무인도의 각적角笛을 불고 ─

해협 오전 두 시의 고독은 오롯한 원광圓光을 쓰다.
서러울 리 없는 눈물을 소녀처럼 짓자.

나의 청춘은 나의 조국!
다음날 항구의 개인 날씨여!

항해는 정히 연애처럼 비등하고

이제 어드메쯤 한밤의 태양이 피어오른다.

— 〈가톨릭청년〉, 1933. 6.

비로봉 1

백화 수풀 앙당한 속에
계절이 쪼그리고 있다.

이곳은 육체 없는 요적寥寂한 향연장
이마에 스머드는 향료로운 자양滋養!

해발 오천 피트 권운층 위에
그싯는 성냥불!

동해는 푸른 삽화처럼 옴직 않고
누뤼 알이 참벌처럼 옮겨 간다.

연정은 그림자마저 벗자
산드랗게 얼어라! 귀뚜라미처럼.

— 〈가톨릭청년〉, 1933. 6.

임종

나의 임종하는 밤은
귀또리[1] 하나도 울지 마라.

나중 죄를 들으신 신부는
거룩한 산파처럼 나의 영혼을 가르시라.

성모취결례聖母就潔禮 미사 때 쓰고 남은 황촉불!

담머리에 숙인 해바라기 꽃과 함께
다른 세상의 태양을 사모하며 돌라.

영원한 나그넷길 노자로 오시는
성주聖主 예수의 쓰신 원광圓光!
나의 영혼에 칠색의 무지개를 심으시라.

나의 평생이오 나중인 괴롬!
사랑의 백금 도가니에 불이 되라.

달고 달으신 성모의 이름 부르기에

나의 입술을 타게 하라.

— 〈가톨릭청년〉, 1933. 9.

1 귀뚜라미.

별 1

누워서 보는 별 하나는
진정 멀─고나.

아스름 닫히려는 눈초리와
금실로 이은 듯 가깝기도 하고,

잠 살포시 깨인 한밤엔
창유리에 붙어서 엿보노라.

불현듯, 솟아나듯,
불리울 듯, 맞아들일 듯,

문득, 영혼 안에 외로운 불이
바람처럼 이는 회한에 피어오른다.

흰 자리옷 채로 일어나
가슴 위에 손을 여미다.

─ 〈가톨릭청년〉, 1933. 9.

갈릴래아 바다

나의 가슴은
조그만 '갈릴래아 바다'.

때없이 설레는 파도는
미美한 풍경을 이룰 수 없도다.

예전에 문제門弟들은
잠자시는 주를 깨웠도다.

주를 다만 깨움으로
그들의 신덕信德은 복되도다.

돛폭은 다시 펴고
키는 방향을 찾았도다.

오늘도 나의 조그만 '갈릴래아'에서
주는 짐짓 잠자신 줄을―.

바람과 바다가 잠잠한 후에야

나의 탄식은 깨달았도다.

— 〈가톨릭청년〉, 1933. 9.

시계를 죽임

한밤에 벽시계는 불길한 탁목조啄木鳥!
나의 뇌수를 미싱 바늘처럼 쪼다.

일어나 쫑알거리는 '시간'을 비틀어 죽이다.
잔인한 손아귀에 감기는 가냘픈 모가지여!

오늘은 열 시간 일하였노라.
피로한 이지理智는 그대로 치차齒車¹를 돌리다.

나의 생활을 일절 분노를 잊었노라.
유리 안에 설레는 검은 곰인 양 하품하다.

꿈과 같은 이야기는 꿈에도 아니하련다.
필요하다면 눈물도 제조할 뿐!

어쨌든 정각에 꼭 수면하는 것이
고상한 무표정이오 한 취미로 하노라!

명일明日! (일日자가 아니어도 좋은 영원한 혼례!)

소리 없이 옮겨가는 나의 백금 체펠린[2]의 유유한 야간 항로여!

— 〈가톨릭청년〉, 1933. 10.

1 둘레에 일정한 간격으로 톱니가 박혀 있는 바퀴.
2 Zeppelin, 비행선.

귀로

포도鋪道로 나리는 밤안개에
어깨가 저으기 무거웁다.

이마에 촉觸하는 쌍그란 계절의 입술
거리에 등불이 함폭! 눈물겹구나.

제비도 가고 장미도 숨고
마음은 안으로 상장喪章을 차다.

걸음은 절로 디딜 데 디디는 삼십적 분별
영탄咏嘆도 아닌 불길한 그림자가 길게 누이다.

밤이면 으레 홀로 돌아오는
붉은 술도 부르지 않는 적막한 습관이여!

— 〈가톨릭청년〉, 1933. 10.

다른 하늘

그의 모습이 눈에 보이지 않았으나
그의 안에서 나의 호흡이 절로 달도다.

물과 성신으로 다시 낳은 이후
나의 날은 날로 새로운 태양이로세!

뭇사람과 소란한 세대世代에서
그가 다만 내게 하신 일을 지니리라!

미리 가지지 않았던 세상이어니
이제 새삼 기다리지 않으련다.

영혼은 불과 사랑으로! 육신은 한낱 괴로움.
보이는 하늘은 나의 무덤을 덮을 뿐.

그의 옷자락이 나의 오관五官에 사무치지 않았으나
그의 그늘로 나의 다른 하늘을 삼으리라.

— 〈가톨릭청년〉, 1934. 2.

또 하나 다른 태양

온 고을이 받들 만한
장미 한 가지가 솟아난다 하기로
그래도 나는 고와 아니하련다.

나는 나의 나이와 별과 바람에도 피로웁다.

이제 태양을 금시 잃어버린다 하기로
그래도 그리 놀라울 리 없다.

실상 나는 또 하나 다른 태양으로 살았다.

사랑을 위하연 입맛도 잃는다.
외로운 사슴처럼 벙어리 되어 산길에 설지라도—

오오, 나의 행복은 나의 성모마리아!

— 〈가톨릭청년〉, 1934. 2.

불사조

비애! 너는 모양할 수도 없도다.
너는 나의 가장 안에서 살았도다.

너는 박힌 화살, 날지 않는 새,
나는 너의 슬픈 울음과 아픈 몸짓을 지니노라.

너를 돌려보낼 아무 이웃도 찾지 못하였노라.
은밀히 이르노니—'행복'이 너를 아주 싫어하더라.

너는 짐짓 나의 심장을 차지하였더뇨?
비애! 오오 나의 신부! 너를 위하여 나의 창과 웃음을 닫았노라.

　이제 나의 청춘이 다한 어느 날 너는 죽었도다.
　그러나 너를 묻은 아무 석문石門도 보지 못하였노라.

스스로 불탄 자리에서 나래를 펴는
오오 비애! 너의 불사조 나의 눈물이여!

— 〈가톨릭청년〉, 1934. 3.

나무

얼굴이 바로 푸른 하늘을 우러렀기에
발이 항시 검은 흙을 향하기 욕되지 않도다.

곡식알이 거꾸로 떨어져도 싹은 반듯이 위로!
어느 모양으로 심기어졌더뇨? 이상스런 나무 나의 몸이여!

오오 알맞은 위치! 좋은 위 아래!
아담의 슬픈 유산도 그대로 받았노라.

나의 적은 연륜으로 이스라엘의 이천 년을 헤었노라.
나의 존재는 우주의 한낱 초조한 오점이었도다.

목마른 사슴이 샘을 찾아 입을 잠그듯이
이제 그리스도의 못 박히신 발의 성혈에 이마를 적시며—

오오! 신약新約의 태양을 한 아름 안다.

—〈가톨릭청년〉, 1934. 3.

권운층 위에서

―비로봉―

백화 수풀 앙당한 속에
계절이 쪼그리고 있다.

이곳은 육체 없는 요적寥寂한 향연○
이마에 심여드는 향료로운 자滋○!

해발 칠천○ 피트 권운층 위에
그싯는 성냥불!

동해는 푸른 삽화처럼 옴직 않고
누뤄 알이 참벌처럼 옮겨간다.

연정은 그림자마저 벗○
산드라케 얼어라! 귀뚜라미처럼.

―〈조선중앙일보〉, 1934. 7. 2.

승리자 김 안드레아

새남터 우거진 뽕잎 아래 서서
옛 어른이 실로 보고 일러주신 한 거룩한 이야기—
앞에 돌아나간 푸른 물굽이가 이 땅과 함께 영원하다면
이는 우리 겨레와 함께 끝까지 빛날 기억이로다.

일천팔백사십육년 구월 십육일
방포放砲 취타吹打하고 포장捕將이 앞서 나가매
무수한 흰옷 입은 백성이 결진結陣한 곳에
이미 좌깃대가 높이 살기롭게 솟았더라.

이 지겹고 흉흉하고
나는 새도 자취를 감출 위풍이 떨치는 군세軍勢는
당시 청국 바다에 뜬 법국 병선 대도독 세실리오와
그의 막하幕下 수백을 사로잡아 문죄問罪함이런가?

대체 무슨 사정으로 이러한 어명이 내렸으며
이러한 대국권이 발동하였던고?
혹은 사직의 안위를 범한 대역도나 다스림이었던고?

실로 군소리도 없는 앓는 소리도 없는 뿔도 없는
조찰한 피를 담은 한 '양羊'의 목을 베기 위함이었도다.
지극히 유순한 '양'이 제대에 오르매
마귀와 그의 영화를 부수기에 백천百千의 사자 떼보다도 더 영
맹英猛[1]하였도다.

대성전 장막이 찢어진 지 천여 년이었건만
아직도 새로운 태양의 소식을 듣지 못한 죽음 그늘에 잠긴 동방
일우一隅에
또 하나 '갈바리아 산상山上의 혈제血祭'여!

오오 좌깃대에 목을 높이 달리우고
다시 열두 칼날의 수고를 덜기 위하여 몸을 틀어대인
오오 지상의 천신 안드레아 김 신부!

일찍이 천주를 알아 사랑한 탓으로 아버지의 위태한 목숨을 뒤
에 두고
그의 외로운 어머니마저 홀로 철화鐵火 사이에 숨겨두고
처량히 국금國禁과 국경을 벗어 나아간 소년 안드레아!

오문부娛門府 이역 한등寒燈에서 오로지 천주의 말씀을 배우기에
침식을 잊은 신생神生 안드레아!

빙설과 주림과 썰매에 몸을 부치어 요야 천리遼野千里를 건너며
악수惡獸와 도적의 밀림을 지나 굳이 막으며 죽이려고만 꾀하던
조국 변문邊門을 네 번째 두드린 부제 안드레아!

황해의 거친 파도를 한 짝 목선으로 넘어(오오 위대한 영적靈
跡!)
불같이 사랑한 나라 땅을 밟은 조선 성직자의 장형 안드레아!

포악한 치도곤 아래 조찰한 뼈를 부술지언정
감사監司에게 '소인'을 바치지 아니한 오백년 청반淸班의 후예 안
드레아 김대건!

나라와 백성의 영혼을 사랑한 값으로
극죄極罪에 결안結案한 관장官長을 위하여
그의 승직陞職을 기구祈求한 관후장자寬厚長者 안드레아!

150

표양이 능히 옥졸까지 놀래인 청년 성도 안드레아!

재식才識이 고금을 누르고
보람도 없이 정교한 세계지도를 그리어
군주와 관장의 눈을 연 나라의 산 보배 안드레아!

형장의 이슬로 사라질 때까지도
오히려 성교聖敎를 가르친 선목자善牧者 안드레아!

두 귀에 화살을 박아 체구 그대로 십자가를 이룬 치명자 안드레아!

성주聖主 예수 받으신 성면오독聖面汚讀을 보람으로
얼굴에 물과 회를 받은 수난자 안드레아!
성주 예수 성분聖分의 수위羞威를 받으신 그대로 받은 복자 안드레아!

성주 예수 받드신 거짓 결안結案을 따라 거짓 결안으로 죽은 복자 안드레아!

오오 그들은 악한 권세로 죽인

그의 시체까지도 차지하지 못한 그 날

거룩한 피가 이미 이 나라의 흙을 조찰히 씻었도다.

외교의 거친 덤불을 밟고 자라나는

주의 포도 다래가

올해에 십삼만 송이

오오 승리자 안드레아는 이렇듯이 이겼도다.

— 〈가톨릭청년〉, 1934. 9.

1 빼어나게 용맹함.

홍역

석탄 속에서 피어나오는
태고연太古然히 아름다운 불을 둘러
십이월 밤이 고요히 물러앉다.

유리도 빛나지 않고
창창窓帳도 깊이 나리운 대로―
문에 열쇠가 끼인 대로―

눈보라는 꿀벌 떼처럼
잉잉거리고 설레는데,
어느 마을에서는 홍역이 척촉躑躅[1]처럼 난만하다.

― 〈가톨릭청년〉, 1935. 3.

1 철쭉, 진달래 과에 속한 낙엽 관목.

비극

'비극'의 흰 얼굴을 본 적이 있느냐?

그 손님의 얼굴은 실로 미美하니라.

검은 옷에 가리워 오는 이 고귀한 심방尋訪에 사람들은 부질없이
당황한다.

실상 그가 남기고 간 자취가 얼마나 향그럽기에

오랜 후일에야 평화와 슬픔과 사랑의 선물을 두고 간 줄을 알
았다.

그의 발 옮김이 또한 표범의 뒤를 따르듯 조심스럽기에

가리어 듣는 귀가 오직 그의 노크를 안다.

묵墨이 말라 시가 써지지 아니하는 이 밤에도

나는 맞이할 예비가 있다.

일찍이 나의 딸 하나와 아들 하나를 드린 일이 있기에

혹은 이 밤에 그가 예의를 갖추지 않고 올 양이면

문밖에서 가벼이 사양하겠다!

— 〈가톨릭청년〉, 1935. 3.

다시 해협

정오 가까운 해협은
백묵 흔적이 적력的歷한 원주圓周!

마스트 끝에 붉은 기가 하늘보다 곱다.
감람甘藍 포기 포기 솟아오르듯 무성한 물이랑이여!

반마班馬같이 해구海狗같이 어여쁜 섬들이 달려오건만
일일이 만져주지 않고 지나가다.

해협이 물거울 쓰러지듯 휘뚝 하였다.
해협은 엎질러지지 않았다.

지구 위로 기어가는 것이
이다지도 호수운¹ 것이냐!

외진 곳 지날 제 기적은 무서워서 운다.
당나귀처럼 처량하구나.

해협의 칠월 햇살은

달빛보담 시원타.

화통 옆 사닥다리에 나란히
제주도 사투리 하는 이와 아주 친했다.

스물한 살 적 첫 항로에
연애보다 담배를 먼저 배웠다.

— 〈조선문단〉, 1935. 8.

1 호숩다. '재미있다'의 방언.

지도

지리 교실 전용 지도는

다시 돌아와 보는 미려한 칠월의 정원.

천도千島열도 부근 가장 짙푸른 곳은 진실한 바다보다 깊다.

한가운데 검푸른 점으로 뛰어들기가 얼마나 황홀한 해학이냐!

의자 위에서 다이빙 자세를 취할 수 있는 순간,

교원실의 칠월은 진실한 바다보다 적막하다.

— 〈조선문단〉, 1935. 8.

말 3

까치가 앞서 날고,

말이 따라가고,

바람 소올소올, 물소리 쫄 쫄 쫄,

유월 하늘이 동그라하다, 앞에는 퍼언한 벌,

아아, 사방이 우리나라로구나.

아아, 웃통 벗기 좋다, 휘파람 불기 좋다, 채찍이 돈다, 돈다, 돈다, 돈다.

말아,

누가 났나? 너를. 너는 몰라.

말아,

누가 났나? 나를. 나도 몰라.

너는 시골 두메에서

사람스런 숨소리를 숨기고 살고

내사 대처 한복판에서

말스런 숨소리를 숨기고 다 자랐다.

시골로나 대처로나 가나 오나

양친 못 보아 서럽더라.

말아,

메아리 소리 쩌르렁! 하게 울어라,

슬픈 놋방울 소리 맞춰 내 한마디 하려니.

해는 하늘 한복판, 금빛 해바라기가 돌아가고,

파랑콩 꽃타리 하늘대는 두둑 위로

머언 흰 바다가 치어드네.

말아,

가자, 가자니, 고대古代와 같은 나그넷길 떠나가자.

말은 간다.

까치가 따라온다.

—《정지용 시집》, 1935. 10.

바다 10

바다는 뿔뿔이
달아나려고 했다.

푸른 도마뱀 떼같이
재재발렀다.[1]

꼬리가 이루
잡히지 않았다.

흰 발톱에 찢긴
산호보다 붉고 슬픈 생채기!

가까스로 몰아다 붙이고
변죽을 둘러 손질하여 물기를 시쳤다.

이 앨쓴 해도에
손을 씻고 떼었다.

찰찰 넘치도록

돌돌 구르도록

회동그란히 받쳐 들었다!
지구는 연잎인 양 오므라들고……펴고……

— 〈시원〉, 1935. 12.

---

1 사뭇 재치 있고 빠르다.

유선애상 流線哀傷

생기생김이 피아노보담 낫다.
얼마나 뛰어난 연미복 맵시냐.

산뜻한 이 신사를 아스팔트 위로 곤돌라인 듯
몰고들 다니길래 하도 딱하길래 하루 청해왔다.

손에 맞는 품이 길이 아주 들었다.
열고 보니 허술히도 반음 키―가 하나 남았더라.

줄창 연습을 시켜도 이건 철로판에서 밴 소리로구나.
무대로 내보낼 생각을 아예 아니했다.

애초 달랑거리는 버릇 때문에 궂은 날 막 잡아부렸다.
함초롬 젖어 새초롬하기는 새레 회회 떨어 다듬고 나선다.

대체 슬퍼하는 때는 언제길래
아장아장 팩팩거리기가 위주냐.

허리가 모조리 가늘어지도록 슬픈 행렬에 끼어

아주 천연스레 굴던 게 옆으로 솔쳐나자―

춘천 삼백 리 벼룻길을 냅다 뽑는데
그런 상장喪章을 두른 표정은 그만하겠다고 꽥― 꽥―

몇 킬로 휘달리고 나서 거북처럼 흥분한다.
징징거리는 신경 방석 위에 소스듬 이대로 견딜밖에.

쌩쌩히 날아오는 풍경들을 뺨으로 헤치며
내처 살폿 엉긴 꿈을 깨어 진저리를 쳤다.

어느 화원으로 꾀어내어 바늘로 찔렀더니만
그만 호접蝴蝶같이 죽더라.

― 〈시와소설〉, 1936. 3.

파라솔

연잎에서 연잎 내가 나듯이
그는 연잎 냄새가 난다.

해협을 넘어 옮겨다 심어도
푸르리라, 해협이 푸르듯이.

불시로 상기되는 뺨이
성이 가시다, 꽃이 스스로 괴롭듯.

눈물을 오래 어리지 않는다.
윤전기 앞에서 천사처럼 바쁘다.

붉은 장미 한 가지 고르기를 평생 삼가리,
대개 흰 나리꽃으로 선사한다.

원래 벅찬 호수에 날아들었던 것이라
어차피 헤기는 헤어나간다.

학예회 마지막 무대에서

자폭自暴스런 백조인 양 흥청거렸다.

부끄럽기도 하나 잘 먹는다
끔찍한 비―프스테이크 같은 것도!

오피스의 피로에
태엽처럼 풀려왔다.

램프에 갓을 씌우자
도어를 안으로 잠갔다.

기도와 수면의 내용을 알 길이 없다.
포효하는 검은 밤, 그는 조란鳥卵처럼 희다.

구기어지는 것 젖는 것이
아주 싫다.

파라솔같이 채곡 접히기만 하는 것은
언제든지 파라솔같이 펴기 위하여―

— 〈중앙〉, 1936. 6.

폭포

산골에서 자란 물도
돌베람빡 낭떠러지에서 겁이 났다.

눈덩이 옆에서 졸다가
꽃나무 알로 우정 돌아

가재가 기는 골짝
조그만 하늘이 갑갑했다.

갑자기 호수워지려니
마음 조일밖에.

흰 발톱 갈갈이
앙징스레도 할퀸다.

어쨌든 너무 재재거린다.
내려질리자 쫄뺏 물도 단번에 감수했다.

심심산천에 고사리밥

모조리 졸린 날

송홧가루
노랗게 날리네.

산수 따라온 신혼 한 쌍
앵두같이 상기했다.

돌부리 뾰죽뾰죽 무척 고부라진 길이
아기자기 좋아라 왔지!

하인리히 하이네 적부터
동그란 오오 나의 태양도

겨우 끼리끼리의 발꿈치를
조롱조롱 한나절 따라왔다.

산간에 폭포수는 암만해도 무서워서
기엄 기엄 기며 내린다.

비로봉 2

담장이
물들고,

다람쥐 꼬리
숱이 짙다.

산맥 위의
가을 길—

이마 바르히
해도 향기로워

지팡이
자진 마짐

흰 돌이
우놋다.

백화白樺 훌훌

허울 벗고,

꽃 옆에 자고
이는 구름,

바람에
아시우다.

— 〈조선일보〉, 1937. 6. 9.

구성동 九城洞

골짝에는 흔히
유성이 묻힌다.

황혼에
누뤼가 소란히 쌓이기도 하고,

꽃도
귀향 사는 곳,

절터였더랬는데
바람도 모이지 않고

산그림자 설핏하면
사슴이 일어나 등을 넘어간다.

— 〈조선일보〉, 1937. 6. 9.

옥류동 玉流洞

골에 하늘이
따로 트이고,

폭포 소리 하잔히
봄 우레를 울다.

날가지 겹겹이
모란꽃잎 포기이는 듯.

자위 돌아 사풋 질 듯
위태로이 솟은 봉오리들.

골이 속속 접히어 들어
이내[晴嵐]가 새포롬 서그러거리는 숫도림.

꽃가루 묻힌 양 날아올라
나래 떠는 해.

보랏빛 햇살이

폭 지어 비껴 걸치매,

기슭에 약초들의
소란한 호흡!

들새도 날아들지 않고
신비가 한껏 저자 선 한낮.

물도 젖어지지 않아
흰 돌 위에 따로 구르고,

다가 스미는 향기에
길초마다 옷깃이 매워라.

귀뚜리도
흠식한 양

옴짓
아니한다.

— 〈조광〉, 1937. 11.

슬픈 우상

이 밤에 안식安息하시옵니까.

내가 홀로 속엣소리로 그대의 기거를 문의할삼어도 어찌 홀한 말로 붙일 법도 한 일이오니까.

무슨 말씀으로나 좀더 높일 만한 좀더 그대께 마땅한 언사가 없사오리까.

눈 감고 자는 비달기보다도, 꽃그림자 옮기는 겨를에 여미며 자는 꽃봉오리보다도, 어여삐 자시올 그대여!

그대의 눈을 들어 풀이하오리까.
속속들이 맑고 푸른 호수가 한 쌍.
밤은 함폭 그대의 호수에 깃들이기 위하여 있는 것이오리까.
내가 감히 금성 노릇하여 그대의 호수에 잠길 법도 한 일이오리까.

단정히 여미신 입술, 오오, 나의 예가 혹시 흐트러질까 하여 다시 가다듬고 풀이하겠나이다.

여러 가지 연유가 있사오나 마침내 그대를 암표범처럼 두리고 엄위嚴威¹롭게 우러르는 까닭은 거기 있나이다.

아직 남의 자취가 놓이지 못한, 아직도 오를 성봉이 남아 있을 양이면, 오직 하나일 그대의 눈[雪]에 더 희신 코, 그러기에 불행하시게도 계절이 난만할지라도 항시 고산식물의 향기 외에 맡으시지 아니하시옵니다.

경건히도 조심조심히 그대의 이마를 우러르고 다시 뺨을 지나 그대의 흑단빛 머리에 겨우겨우 숨으신 그대의 귀에 이르겠나이다.

희랍에도 이오니아 바닷가에서 본 적도 한 조개껍질, 항시 듣기 위한 자세이었으나 무엇을 들음인지 알 리 없는 것이었나이다.

기름같이 잠잠한 바다, 아주 푸른 하늘, 갈매기가 앉아도 알 수 없이 흰 모래, 거기 아무것도 들릴 것을 찾지 못한 적에 조개껍질은 한결로 듣는 귀를 잠착히 열고 있기에 나는 그때부터 아주 외로운 나그네인 것을 깨달았나이다.

마침내 이 세계는 빈 껍질에 지나지 아니한 것이, 하늘이 씌우고 바다가 돌고 하기로서니 그것은 결국 딴 세계의 껍질에 지나지 아니하였습니다.

조개껍질이 잠착히 듣는 것이 실로 다른 세계의 것이었음에 틀림없었거니와 내가 어찌 서럽게 돌아서지 아니할 수 있었겠습니까.
바람소리도 아무 뜻을 이루지 못하고 그저 겨우 어눌한 소리로 떠돌아다닐 뿐이었습니다.

그대의 귀에 가까이 내가 방황할 때 나는 그저 외로이 사라질 나그네에 지나지 아니하옵니다.
그대의 귀는 이 밤에도 다만 듣기 위한 맵시로만 열리어 계시기에!
이 소란한 세상에서도 그대의 귓기슭을 둘러 다만 주검같이 고요한 이오니아 바다를 보았음이로소이다.

이제 다시 그대의 깊고 깊으신 안으로 감히 들겠나이다.

심수한 바다 속속에 온갖 신비로운 산호를 간직하듯이 그대의 안에 가지가지 귀하고 보배로운 것이 갖추어 계십니다.

먼저 놀라운 일은 어쩌면 그렇게 속속들이 좋은 것을 지니고 계신 것이옵니까.

심장, 얼마나 진기한 것이옵니까.

명장 희랍의 손으로 탄생한 불세출의 걸작인 뮤―즈로도 이 심장을 차지 못하고 나온 탓으로 마침내 미술관에서 슬픈 세월을 보내고 마는 것이겠는데 어찌면 이러한 것을 가지신 것이옵니까.

생명의 성화를 끊임없이 나르는 백금보다도 값진 도가니인가 하오면 하늘과 땅의 유구한 전통인 사랑을 모시는 성전인가 하옵니다.

빛이 항시 농염하게 붉으신 것이 그러한 증좌로소이다.

그러나 간혹 그대가 세상에 향하사 창을 열으실 때 심장은 수치를 느끼시기 가장 쉽기에 영영 안에 숨어버리신 것이로소이다.

그 외에 폐는 얼마나 화려하고 신선한 것이오며 간과 담은 얼마나 요염하고 심각하신 것이옵니까.

그러나 이들을 지나치게 빛깔로 의논할 수 없는 일이옵니다.

그 외에 그윽한 골 안에 흐르는 시내요 신비한 강으로 풀이할 것도 있으시오나 대강 섭렵하여 지나옵고,

해가 솟는 듯 달이 뜨는 듯 옥토끼가 조는 듯 뛰는 듯 미묘한 신축伸縮과 만곡灣曲을 가진 작은 언덕으로 비유할 것도 둘이 있으십니다.

이러이러하게 그대를 풀이하는 동안에 나는 미궁에 든 낯선 나그네와 같이 그만 길을 잃고 헤매겠나이다.

그러나 그대는 이미 모이시고 옴치시고 마련되시고 배치와 균형이 완전하신 한 덩이로 계시어 상아와 같은 손을 여미시고 발을 고귀하게 포개시고 계시지 않습니까.

그리고 지혜와 기도와 호흡으로 순수하게 통일하셨나이다.
그러나 완미完美하신 그대를 풀이하올 때 그대의 위치와 주위를 또한 반성치 아니할 수 없나이다.

거듭 말씀이 번거로우나 원래 이 세상은 빈 껍질같이 허탄하온데 그중에도 어찌하사 고독의 성사를 차정差定[2]하여 계신 것이옵니까.

그리고도 다시 명철한 비애로 방석을 삼아 누워 계신 것이옵니까.

이것이 나로는 매우 슬픈 일이기에 한밤에 짓지도 못하올 암담한 삽살개와 같이 창백한 찬 달과 함께 그대의 고독한 성사를 돌고 돌아 수직하고 탄식하나이다.

불길한 예감에 떨고 있노니 그대의 사랑과 고독과 정진으로 인하여 그대는 그대의 온갖 미와 덕과 화려한 사지에서, 오오, 그대의 전아典雅[3] 찬란한 괴체塊體에서 탈각하시여 따로 따기실 아침이 머지않아 올까 하옵니다.

그날 아침에도 그대의 귀는 이오니아 바닷가의 흰 조개껍질같이 역시 듣는 맵시로만 열고 계시겠습니까.

흰 나리꽃으로 마지막 장식을 하여드리고 나도 이 이오니아 바닷가를 떠나겠습니다.

— 〈조광〉, 1938. 3.

1 엄하고 위풍이 있음.
2 사무를 맡김.
3 법도에 맞고 아담함.

삽사리

그날 밤 그대의 밤을 지키던 삽사리 괴임직도 하이 짙은 울 가
시 사립 굳이 닫히었거니 덧문이오 미닫이오 안의 또 촛불 고요히
돌아 환히 새웠거니 눈이 치로 쌓인 고샅길 인기척도 아니하였거
니 무엇에 후젓하던 맘 못 놓이길래 그리 짖었더라니 얼음 아래로
잔돌 사이 뚫느라 죄죄대던 개울 물소리 기어들세라 큰 봉을 돌아
둥그레 둥굿이 넘쳐오던 이윽달도 선뜻 내려설세라 이저리 서대던
것이더냐 삽사리 그리 굶음직도 하이 내사 그럴 새레 그대 것엔들
닿을 법도 하리 삽사리 짖다 이내 허울한 나룻 도사리고 그대 벗으
신 고운 신이마 위하며 자더니라.

— 〈삼천리문학〉, 1938. 4.

온정 溫井

　그대 함께 한나절 벗어나온 그 머흔 골짜기 이제 바람이 차지한다 앞 나무의 곱은 가지에 걸리어 바람 부는가 하니 창을 바로 치놋다 밤 이윽자 화롯불 아쉬워지고 촛불도 추위 타는 양 눈썹 아사리느니 나의 눈동자 한밤에 푸르러 누운 나를 지킨다 푼푼한 그대 말씨 나를 이내 잠들이고 옮기셨다 조찰한 베개로 그대 예시니 내사 나의 슬기와 외롬을 새로 고를 밖에! 땅을 쪼개고 솟아 고이는 태고로 한 양 더운 물 어둠 속에 홀로 지적거리고 성긴 눈이 별도 없는 거리에 날리어라.

— 〈삼천리문학〉, 1938. 4.

소곡 小曲

물새도 잠들어 깃을 사리는
이 아닌 밤에,

명수대明水臺 바위틈 진달래꽃
어쩌면 타는 듯 붉으뇨,

오는 물, 가는 물,
내쳐 보내고, 헤어질 물

바람이사 애초 못 믿을손,
입맞추곤 이내 옮겨가네.

해마다 제철이면
한 등걸에 핀다기서니,

들새도 날아와
애닯다 눈물짓는 아침엔,

이울어 하롱하롱 지는 꽃잎,

섧지 않으랴, 푸른 물에 실려가기,

아깝고야, 아기자기
한창인 이 봄밤을,

촛불 켜 들고 밝히소.
아니 붉고 어쩌료.

— 〈여성〉, 1938. 6.

장수산 1

벌목정정伐木丁丁이랬거니 아름드리 큰 솔이 베어짐직도 하이 골이 울어 메아리 소리 쩌르렁 돌아옴직도 하이 다람쥐도 좇지 않고 멧새도 울지 않아 깊은 산 고요가 차라리 뼈를 저리는데 눈과 밤이 종이보다 희구려! 달도 보름을 기다려 흰 뜻은 한밤 이골을 걸음이 런다? 윗절 중이 여섯 판에 여섯 번 지고 웃고 올라간 뒤 조찰히 늙은 사나이의 남긴 냄새를 줏는다? 시름은 바람도 일지 않는 고요에 심히 흔들리노니 오오 견디련다 차고 올연히 슬픔도 꿈도 없이 장수산 속 겨울 한밤 내─

─〈문장〉, 1939. 3.

장수산 2

풀도 떨지 않는 돌산이오 돌도 한 덩이로 열두 골을 굽이굽이 돌았어라 찬 하늘이 골마다 따로 씌었고 얼음이 굳이 얼어 디딤돌이 믿음직하이 꿩이 기고 곰이 밟은 자국에 나의 발도 놓이노니 물소리 귀뚜리처럼 즐즐하놋다 필락 말락 하는 햇살에 눈 위에 눈이 가리어 앉다 흰 시울 아래 흰 시울이 눌리어 숨 쉰다 온 산중 내려 앉는 획진 시울들이 다치지 않이! 나도 내던져 앉다 일찍이 진달래꽃 그림자에 붉었던 절벽 보이한 자리 위에!

— 〈문장〉, 1939. 3.

춘설

문 열자 선뜻!
먼 산이 이마에 차라.

우수절 들어
바로 초하루 아침,

새삼스레 눈이 덮인 묏부리와
서늘옵고 빛난 이마받이하다.[1]

얼음 금 가고 바람 새로 따르거니
흰 옷고름 절로 향기로워라.

옹숭거리고 살아난 양이
아아 꿈같기에 설워라.

미나리 파릇한 새순 돋고
옴짓 아니하던 고기입이 오물거리는,

꽃 피기 전 철 아닌 눈에

핫옷 벗고 도로 춥고 싶어라.

— 〈문장〉, 1939. 4.

1 두 물체가 몹시 가깝게 맞붙다. 이마로 부딪치다.

백록담

1

절정에 가까울수록 뻐꾹채꽃 키가 점점 소모된다. 한 마루 오르면 허리가 스러지고 다시 한 마루 위에서 모가지가 없고 나중에는 얼굴만 갸웃 내다본다. 화문化紋처럼 판박힌다. 바람이 차기가 함경도 끝과 맞서는 데서 뻐꾹채 키는 아주 없어지고도 팔월 한철엔 흩어진 성신星辰처럼 난만하다. 산그림자 어둑어둑하면 그러지 않아도 뻐꾹채 꽃밭에서 별들이 켜든다. 제자리에서 별이 옮긴다. 나는 여기서 기진했다.

2

암고란嚴高蘭, 환약같이 어여쁜 열매로 목을 축이고 살어 일어섰다.

3

백화白樺 옆에서 백화가 촉루髑髏[1]가 되기까지 산다. 내가 죽어 백화처럼 흴 것이 흥 없지 않다.

4

귀신도 쓸쓸하여 살지 않는 한 모롱이. 도체비꽃이 낮에도 혼자 무서워 파랗게 질린다.

5

바야흐로 해발 육천 척 위에서 마소가 사람을 대수롭게 아니 여기고 산다. 말이 말끼리 소가 소끼리, 망아지가 어미 소를, 송아지가 어미 말을 따르다가 이내 헤어진다.

6

첫 새끼를 낳느라고 암소가 몹시 혼이 났다. 얼결에 산길 백 리를 돌아 서귀포로 달아났다. 물도 마르기 전에 어미를 여윈 송아지는 움매― 움매― 울었다. 말을 보고도 등산객을 보고도 마구 매어 달렸다. 우리 새끼들도 모색毛色이 다른 어미한테 맡길 것을 나는 울었다.

7

풍란이 풍기는 향기, 꾀꼬리 서로 부르는 소리, 제주 휘파람새 휘파람 부는 소리, 돌에 물이 따로 구르는 소리, 먼 데서 바다가 구길 때 쏴― 쏴― 솔소리, 물푸레 동백 떡갈나무 속에서 나는 길을 잘못 들었다가 다시 칡넝쿨 기어간 흰 돌박이 고부랑길로 나섰다.

문득 마주친 아롱점말이 피하지 않는다.

8

고비고사리 더덕순 도라지꽃 취 삿갓나물 대풀 석용石茸 별과 같
은 방울을 단 고산식물을 삭이며 취하며 자며 한다. 백록담 조찰한
물을 그리어 산맥 위에서 짓는 행렬이 구름보다 장엄하다. 소나기
놋낫 맞으며 무지개에 말리며 궁둥이에 꽃물 이겨 붙인 채로 살이
붓는다.

9

가재도 기지 않는 백록담 푸른 물에 하늘이 돈다. 불구에 가깝
도록 고단한 나의 다리를 돌아 소가 갔다. 쫓겨온 실구름 일말에도
백록담은 흐려진다. 나의 얼굴에 한나절 포긴 백록담은 쓸쓸하다.
나는 깨다 졸다 기도조차 잊었더니라.

— 〈문장〉, 1939. 4.

1 살이 다 썩어 없어지고 남은 송장의 뼈.

천주당 天主堂

열없이 창까지 걸어가 묵묵히 서다.
이마를 식히는 유리쪽은 차다.
무료히 씹히는 연필 꽁지는 떫다.
나는 나의 회화주의를 단념하다.

— 〈태양〉, 1940. 1.

조찬 朝餐

햇살 피어,
이윽한 후,

머흘 머흘
골을 옮기는 구름.

길경桔梗[1] 꽃봉오리
흔들려 씻기우고.

차돌부리
촉 촉 죽순 돋듯.

물소리에
이가 시리다.

앉음새 가리어
양지쪽에 쪼그리고,

서러운 새 되어

흰 밥알을 쪼다.

— 〈문장〉, 1941. 1.

1 도라지.

비

돌에
그늘이 차고,

따로 몰리는
소소리바람.[1]

앞서거니 하여
꼬리 치날리어 세우고,

종종 다리 까칠한
산새 걸음걸이.

여울지어
수척한 흰 물살,

갈갈이
손가락 펴고.

멎은 듯

새삼 돋는 빗낱

붉은 잎 잎
소란히 밟고 간다.

— 〈문장〉, 1941. 1.

1 이른 봄에 부는 차고 매서운 바람.

인동차忍冬茶

노주인의 장벽에
무시로 인동 삼긴 물이 내린다.

자작나무 덩그럭 불이
도로 피어 붉고,

구석에 그늘지어
무가 순 돋아 파릇하고,

흙냄새 훈훈히 김도 서리다가
바깥 풍설風雪 소리에 잠착하다.[1]

산중에 책력도 없이
삼동이 하이얗다.

— 〈문장〉, 1941. 1.

1 한 가지 일에만 정신을 골똘하게 쓰다.

붉은 손

어깨가 둥글고
머릿단이 칠칠히,
산에서 자라거니
이마가 알빛같이 희다.

검은 버선에 흰 볼을 받아 신고
산과일처럼 얼어 붉은 손,
길 눈을 헤쳐
돌 틈에 트인 물을 따내다.

한줄기 푸른 연기 올라
지붕도 햇살에 붉어 다사롭고,
처녀는 눈 속에서 다시
벽오동 중허리 파릇한 냄새가 난다.

수줍어 돌아앉고, 철 아닌 나그네 되어,
서려 오르는 김에 낯을 비추며
돌 틈에 이상하기 하늘 같은 샘물을 기웃거리다.

— 〈문장〉, 1941. 1.

꽃과 벗

석벽 깎아지른
안돌이 지돌이,
한나절 기고 돌았기
이제 다시 아슬아슬하구나.

일곱 걸음 안에
벗은, 호흡이 모자라
바위 잡고 쉬며 쉬며 오를 제.
산꽃을 따,
나의 머리며 옷깃을 꾸미기에,
오히려 바빴다.

나는 번인蕃人¹처럼 붉은 꽃을 쓰고,
약하여 다시 위엄스런 벗을
산길에 따르기 한결 즐거웠다.

새소리 끊인 곳,
흰 돌 이마에 회돌아 서는 다람쥐 꼬리로
가을이 짙음을 보았고,

가까운 듯 폭포가 하잔히 울고,
메아리 소리 속에
돌아져 오는
벗의 부름이 더욱 고왔다.

삽시 엄습해오는
빗낱을 피하여,
짐승이 버리고 간 석굴을 찾아들어,
우리는 떨며 주림을 의논하였다.

백화 가지 건너
짙푸르러 찡그린 먼 물이 오르자,
꼬리같이 붉은 해가 잠기고,

이제 별과 꽃 사이
길이 끊어진 곳에
불을 피고 누웠다.

낙타 털 케트에

구긴 채
벗은 이내 나비같이 잠들고,

높이 구름 위에 올라,
나룻이 잡힌 벗이 도리어
아내같이 예쁘기에,
눈 뜨고 지키기 싫지 않았다.

— 〈문장〉, 1941. 1.

---

1 고산족, 야만인.

도굴盜掘

백일 치성 끝에 산삼은 이내 나서지 않았다 자작나무 화톳불에
확근 비추자 도라지 더덕 취싹 틈에서 산삼 순은 몸짓을 흔들었다
삼캐기 늙은이는 엽초 순 시래기 피어 물은 채 돌을 베고 그날 밤
에사 산삼이 담 속 불거진 가슴팍이에 앙증스럽게 후취后娶감어리
처럼 당홍 치마를 두르고 안기는 꿈을 꾸고 났다 모랫불 이운 듯
다시 살아난다 경관의 한쪽 찌그린 눈과 빠안한 먼 불 사이에 총
견양이 조옥 섰다 별도 없이 검은 밤에 화약 불이 당홍 물감처럼
고왔다 다람쥐가 도로로 말려 달아났다.

— 〈문장〉, 1941. 1.

예장禮裝

모닝코트에 예장을 갖추고 대만물상에 들어간 한 장년 신사가 있었다 구만물舊萬物 위에서 아래로 내려뛰었다 웃저고리는 내려가다가 중간 솔가지에 걸리어 벗겨진 채 와이셔츠 바람에 넥타이가 다칠세라 납죽이 엎드렸다 한겨울 내— 흰 손바닥 같은 눈이 내려와 덮어주곤 주곤 하였다 장년이 생각하기를 '숨도 아예 쉬지 않아야 춥지 않으리라'고 주검다운 의식을 갖추어 삼동 내— 부복하였다 눈도 희기가 겹겹이 예장같이 봄이 짙어서 사라지다.

— 〈문장〉, 1941. 1.

나비

　시키지 않은 일이 서둘러 하고 싶기에 난로에 싱싱한 물푸레 갈
아 지피고 등피燈皮 호 호 닦아 끼워 심지 튀기니 불꽃이 새록 돋다
미리 떼고 걸고 보니 캘린더 이튿날 날짜가 미리 붉다 이제 차츰
밟고 넘을 다람쥐 등솔기같이 구부레 벋어나갈 연봉連峯 산맥 길
위에 아슬한 가을 하늘이여 초침 소리 유달리 뚝딱거리는 낙엽 벗
은 산장 밤 창유리까지에 구름이 드뉘니 후 두 두 두 낙수 짓는 소
리 크기 손바닥만한 어인 나비가 따악 붙어 들여다본다 가엾어라
열리지 않는 창 주먹 쥐어 징징 치니 날을 기식氣息도 없이 네 벽이
도리어 날개와 떤다 해발 오천 척 위에 떠도는 한 조각 비 맞은 환
상 호흡하느라 서둘러 붙어 있는 이 자재화自在畵 한 폭은 활 활 불
피어 담기어 있는 이상스런 계절이 몹시 부럽다 날개가 찢어진 채
검은 눈을 잔나비처럼 뜨지나 않을까 무서워라 구름이 다시 유리
에 바위처럼 부서지며 별도 휩쓸려 내려가 산 아래 어느 마을 위에
총총하뇨 백화白樺숲 희부옇게 어정거리는 절정 부유스름하기 황혼
같은 밤.

― 〈문장〉, 1941. 1.

호랑나비

화구를 메고 산을 첩첩 들어간 후 이내 종적이 묘연하다 단풍이
이울고 봉마다 찡그리고 눈이 날고 영嶺 위에 매점은 덧문 속문이
닫히고 삼동 내— 열리지 않았다 해를 넘어 봄이 짙도록 눈이 처마
와 키가 같았다 대폭 캔버스 위에는 목화송이 같은 한 떨기 지난해
흰 구름이 새로 미끄러지고 폭포 소리 차츰 불고 푸른 하늘 되돌아
서 오건만 구두와 안신이 나란히 놓인 채 연애가 비린내를 풍기기
시작했다 그날 밤 집집 들창마다 석간夕刊에 비린내가 끼치었다 박
다태생博多胎生 수수한 과부 흰 얼굴이사 회양淮陽 고성 사람들끼리
에도 익었건만 매점 바깥주인 된 화가는 이름조차 없고 송홧가루
노랗고 뻑 뻑국 고비고사리 고부라지고 호랑나비 쌍을 지어 훨훨
청산을 넘고.

— 〈문장〉, 1941. 1.

진달래

　한 골에서 비를 보고 한 골에서 바람을 보다 한 골에 그늘 딴 골에 양지 따로따로 갈아 밟다 무지개 햇살에 빗걸린 골 산 벌떼 두름박 지어 위잉위잉 두르는 골 잡목 수풀 누릇 불긋 어우러진 속에 감추어 낮잠 드신 칡범 냄새 가장자리를 돌아 어마어마 기어 살아나온 골 상봉에 올라 별보다 깨끗한 돌을 드니 백화가지 위에 하도 푸른 하늘…… 포르르 풀매…… 온 산중 홍엽紅葉이 수런수런거린다 아랫절 불 켜지 않은 장방에 들어 목침을 달구어 발바닥 꼬리를 슴슴 지지며 그제사 범의 욕을 그놈 저놈 하고 이내 누웠다 바로 머리맡에 물소리 흘리며 어느 한골로 빠져나가다가 난데없는 철 아닌 진달래 꽃사태를 만나 나는 만신萬身을 붉히고 서다.

― 〈문장〉, 1941. 1.

선취 2

해협이 일어서기로만 하니깐
배가 한사코 기어오르다 미끄러지곤 한다.

괴롬이란 참지 않아도 겪어지는 것이
주검이란 죽을 수 있는 것같이.

뇌수가 튀어나올라고 지긋지긋 견딘다.
꼬꼬댁 소리도 할 수 없이

얼빠진 장닭처럼 건들거리며 나가니
갑판은 거북등처럼 뚫고 나가는데 해협이 업히려고만 한다.

젊은 선원이 숫제 하―모니카를 불고 섰다.
바다의 삼림에서 태풍이나 만나야 감상할 수 있다는 듯이

암만 가려 디딘대도 해협은 자꾸 꺼져 들어간다.
수평선이 없어진 날 단말마의 신혼여행이여!

오직 한낱 의무를 찾아내어 그의 선실로 옮기다.

기도도 허락되지 않는 연옥에서 심방尋訪하려고

계단을 내리려니깐
계단이 올라온다.

도어를 부둥켜안고 기억할 수 없다.
하늘이 죄어들어 나의 심장을 짜느라고

영양令孃은 고독도 아닌 슬픔도 아닌
올빼미 같은 눈을 하고 체모에 기고 있다.

애련愛憐을 베풀까 하면
즉시 구토가 재촉된다.

연락선에는 일체로 간호看護가 없다.
징을 치고 뚜우뚜우 부는 외에

우리들의 짐짝 트렁크에 이마를 대고
여덟 시간 내— 간구懇求하고 또 울었다.   —《백록담》, 1941. 9.

별 2

창을 열고 눕다.
창을 열어야 하늘이 들어오기에.

벗었던 안경을 다시 쓰다.
일식이 개이고 난 날 밤 별이 더욱 푸르다.

별을 잔치하는 밤
흰 옷과 흰 자리로 단속하다.

세상에 아내와 사랑이란
별에서 치면 지저분한 보금자리.

돌아누워 별에서 별까지
해도海圖 없이 항해하다.

별도 포기포기 솟았기에
그중 하나는 더 획 지고

하나는 갓 낳은 양

여릿여릿 빛나고

하나는 발열하여
붉고 떨고

바람엔 별도 쓰리다
회회 돌아 살아나는 촛불!

찬물에 씻기어
사금을 흘리는 은하!

마스트 아래로 섬들이 항시 달려왔었고
별들은 우리 눈썹 기슭에 아스름 항구가 그립다.

대웅성좌大熊星座가
기웃이 도는데!

청려淸麗한 하늘의 비극에
우리는 숨소리까지 삼가다.

이유는 저 세상에 있을 지도 몰라
우리는 저마다 눈감기 싫은 밤이 있다.

잠재기 노래 없이도
잠이 들다

—《백록담》, 1941. 9.

창

나래 붉은 새도
오지 않은
하루가 저물다

곧어름 지어 얼가지
내려앉은 하늘에 찔리고

별도 잠기지 않은 옛 못 위에
연蓮대 마른 대로 바람에 울고

먼 들에
쥐불마다 일지 않고

풍경도
사치롭기로
오로지 가시인 후

나의 창
어둠이 도로혀

김과 같이 곯아지라

— 〈춘추〉, 1942. 1.

이토 異土

낳아 자란 곳 어디거니
묻힐 데를 밀어 나가자

꿈에서처럼 그립다 하랴
때로 진한 고향의 미신이리

제비도 설산을 넘고
적도직하에 병선이 이랑을 갈 제

피었다 꽃처럼 지고 보면
물에도 무덤은 선다

탄환 찔리고 화약 싸아한
충성과 피로 곯아진 흙에

싸움은 이겨야만 법이요
씨를 뿌림은 오랜 믿음이라

기러기 한 형제 높이 줄을 맞추고

햇살에 일곱 식구 호미 날을 세우자

— 〈국민문학〉, 1942. 2.

애국의 노래

채찍 아래 옳은 도리
삼십육 년 피와 눈물
나중까지 견뎠거니
자유 이제 바로 왔네

동분서주 혁명동지
밀림 속의 백전의병
독립군의 총부리로
세계 탄환 쏘았노라

왕이 없이 살았건만
정의만을 모시었고
신의로써 맹방盟邦 얻어
희생으로 이기었네

적이 바로 항복하니
석기石器 적의 어린 신화
어촌으로 돌아가고
동과 서는 이제 형제

원수 애초 맺지 말고
남의 손짓 미리 막아
우리끼리 굳셀 뿐가
남의 은혜 잊지 마세

진흙 속에 묻혔다가
하늘에도 없어진 별
높이 솟아 나래 떨듯
우리나라 살아났네

만국사람 우러보아
누가 일러 적다 하리
뚜렷하기 그지없어
온누리가 한눈일세

— 〈대조〉, 1946. 1.

그대들 돌아오시니

— 개선환국혁명동지에게

백성과 나라가
이적夷狄에 팔리우고
국사國詞에 사신邪神이
오연傲然히 앉은 지 죽음보다 어두운
오호 삼십육 년!

　그대들 돌아오시니
　피 흘리신 보람 찬란히 돌아오시니!

허울 벗기우고
외오² 돌아섰던
산하! 이제 바로 돌아지라.
자휘字彙 잃었던 물
옛 자리로 새 소리 흘리어라.
어제 하늘이 아니어니
새로운 해가 오르라.

　그대들 돌아오시니
　피 흘리신 보람 찬란히 돌아오시니!

밭이랑 문희우고[3]
곡식 앗아가고
이바지 할 가음[4]마저 없어
금의錦衣는커니와
전진戰塵 떨리지 않은
융의戎衣 그대로 뵈일 밖에.

그대들 돌아오시니
피 흘리신 보람 찬란히 돌아오시니!

사나운 말굽에
일가친척 흩어지고
늙으신 어버이, 어린 오누이
낯선 흙에
이름 없이 구르는 백골을……
상기 불현듯 기다리는 마을마다
그대 어이 꽃을 밟으시리
가시덤불, 눈물로 헤치시라.

그대들 돌아오시니

피 흘리신 보람 찬란히 돌아오시니!

— 〈혁명〉, 1946. 1.

1 태도가 거만스러움.
2 '잘못'을 뜻함.
3 무너뜨리고.
4 감. 재료나 바탕.

추도가 追悼歌

1

국토와 자유를 잃고
원수와 의로운 칼을 걸어
칼까지 꺾이니 몸을 던져
옥으로 부서진 순국열사

(후렴)

거룩하다 놀라워라
우리겨레 자랑이라
조선이 끝까지
싸웠음으로
인류의 역사에 빛내리라

2

조국의 변문邊門을 돌고 들어

폭탄과 육체와 함께 메고
원수의 진영에 날아들어
꽃같이 사라진 순국열사

3

조차 뼈 모두 부서지고
최후의 피 한 점
남기까지
조국의 혼령을 잘지 않은
형대 위에 성도聖徒 순국열사

4

소년과 소녀와 노인까지
자유와 독립을 부르짖어
세계를 흔들고

적탄 앞에 쓰러진
무수한 순국열사

— 〈대동신문〉, 1946. 3. 2.

무제

어찌할 수 다시 어찌할 수 없는

길이 '로마'에 아니라도

똑바른 길에 통하였구나.

시도 이에 따라

거칠게 우들우들 아름답지 않아도 그럴 수밖에 없이

거짓말 못 하여 덤비지 못하여 어찌하랴.

―《산문》, 1947. 1.

꽃 없는 봄

삼남에 꽃이 겨울에 피었다. 그래서 그러한지 봄이 삼월이 기울어 겨울보다도 따뜻하건만 꽃이 없다. 언제는 꽃으로 살았던가? 꽃이 없어도 살아날 수 있다.

꽃이 반드시 필요하면 인공으로도 피게 할 수 있다. 겨울에 대구서 사과가 열렸다한다. 금년에 사과 흉년이 질까 걱정 말라.

두 벌 사과가 여는 대구에 식량문제가 완화될까 한다.

— 〈부인〉, 1949. 5.

기자 奇字

너
앉았던 자리
다시 채워
남은 청춘

다음 다음 갈마
너와 같이 청춘

심산 들어
안아 나온
단정학 丹頂鶴[1]
흰 알

동지 바다 위
알 보금자리
한 달 품고 도는
비취 새

봄 물살

휘감는
오리 푸른
목

석탄 팔은 불 앞
상기한
홍옥

초록 전 바탕
따로 구르다
마주 멈춘
상아옥공象牙玉空

향기 담긴 청춘
냄새 없는 청춘

비싼 청춘
흔한 청춘

고요한 청춘
흔들리는 청춘

포도 마시는 청춘
자연紫煙[2] 뿜는 청춘

청춘 아름답기는
피부 한 부피 안의
호박 빛 노오란 지방이랬는데

─그래도
나
조금 소요騷擾하다

아까
네 뒤 따라
내 청춘은
아예 갔고
나 남았구나

— 〈혜성〉, 1950.

1 백두루미.
2 담배연기.

처妻[1]

산추자 따러
산에 가세

돌박골 들어
산에 올라

우리 같이
산추자 따세

추자 열매
기름 내어

우리 손자 방에
불을 키세

— 〈새한민보〉, 1950. 2.

1 〈여제자〉, 〈녹번리〉와 함께 〈새한민보〉에 '詩三篇'이라는 제목 아래 실렸다.

여제자

먹어라
어서 먹어

자분 자분
사각 사각
먹어라

늙고 나니
보기 좋긴

뽕닢 삭이는 누에 소리
흙뎅이 치는 봄비 소리
너 먹는 소리

"별꼴 보겠네
날 보고 초콜렐 먹으래!"
할 것 아니라

어서 먹어라

말만치 커가는 처녀야
서걱 서걱 먹어라

— 〈새한민보〉, 1950. 2.

녹번리 碌磻里

여보!
운전수 양반
여기다 내버리고 가면
어떡하오!

녹번리까지만
날 데려다 주오

동지섣달
꽃 본 듯이…… 아니라
녹번리까지만
날 좀 데려다 주소
취했달 것 없이
다리가 휘청거리누나

모자 아니 쓴 아이
열여덟 쯤 났을까?
"녹번리까지 가십니까?"
"너두 소년감화원께까지 가니?"

"아니요"

캄캄 야밤중
너도 돌변한다면
열여덟 살도

— 〈새한민보〉, 1950. 2.

내 마흔아홉이 벅차겠구나

헐려 뚫린 고개
상여집처럼
하늘도 더 껌어
쪼비잇 하다

누구시기에
이 속에 불을 키고 사십니까?
불 드려다 보긴
낸데
영감 눈이 부시십니까?

탄 탄 대로 신작로 내기는
날 다니라는 길이겠는데
걷다 생각하니
논두렁이 휘감누나

소년감화원께까지는
내가 찾아가야겠는데

인생 한번 가고 못 오면

만수장림萬樹長林에 운무雲霧로다

— 〈새한민보〉, 1950. 2.

곡마단

소개터
눈 위에도
춥지 않은 바람

클라리넷이 울고
북이 울고
천막이 후두둑거리고
기旗가 날고
야릇이도 설고 흥청스러운 밤

말이 달리다
불테를 뚫고 넘고
말 위에
기집아이 뒤집고

물개
나팔 불고

그네 뛰는 게 아니라

까아만 공중 눈부신 땅재주!

감람#藍 포기처럼 싱싱한
계집아이의 다리를 보았다

역기선수 팔짱 낀 채
외발 자전차 타고

탈의실에서 애기가 울었다
초록 리본 단발머리 째리가 드나들었다

원숭이
담배에 성냥을 켜고

방한모 밑 외투 안에서
나는 사십 년 전 처량한 아이가 되어

내 열 살보다
어른인

열여섯 살 난 딸 옆에 섰다
열 길 솟대가 계집아이 발바닥 위에 돈다
솟대 꼭두에 사내아이가 거꾸로 섰다
거꾸로 선 아이 발 위에 접시가 돈다
솟대가 주춤한다
접시가 뛴다 아슬 아슬

클라리넷이 울고
북이 울고

가죽 잠바 입은 단장이
이욧! 이욧! 격려한다

방한모 밑 외투 안에서
위태 천만 나의 마흔아홉 해가
접시 따라 돈다 나는 박수한다.

— 〈문예〉, 1950. 2.

늙은 범[1]

늙은 범이
내고 보니
네 앞에서
아버진 듯
앉았구나
내가 설령
아버진들
네 앞에야
범인 듯이
안 앉을까?

— 〈문예〉, 1950. 6.

---

1 '사사조오수四四調伍首'라고 표기되어 있음. 〈늙은 범〉, 〈네 몸매〉, 〈꽃분〉, 〈산달〉, 〈나비〉 총 5편.

네 몸매

내가 바로
네고 보면
섣달 들어
긴 긴 밤에
잠 한숨도
못 들겠다
네 몸매가
하도 고와
네가 너를
귀이노라
어찌 자노?

— 〈문예〉, 1950. 6.

꽃분

네 방까지
오간五間 대청
섣달 추위
어험 섰다
네가 통통
걸어가니
꽃분만치
무겁구나

— 〈문예〉, 1950. 6.

산山달

산달 같은
네로구나
널로 내가
태胎지 못해
토끼 같은
내로구나
얼었다가
잠이 든다

— 〈문예〉, 1950. 6.

나비

내가 인제
나비같이
죽겠기로
나비같이
날아왔다
검정 비단
네 옷가에
앉았다가
창 훤하니
날아간다

— 〈문예〉, 1950. 6.

그리워

그리워 그리워
돌아와도 그리던 고향은 어디러뇨
동녘에 피어 있는 들국화 웃어주는데
마음은 어디고 붙일 곳 없어
먼 하늘만 바라보노라

눈물도 웃음도 흘러간 옛 추억
가슴 아픈 그 추억 더듬지 말자
내 가슴엔 그리움 있고
나의 웃음도 연륜에 사겨졌나니
내 그것만 가지고 가노라

그리워 그리워
그리워 찾아와도 고향은 없어
진종일 진종일 언덕길 헤매다 가네

—《1920년대 시선》, 평양문학예술종합출판사, 1992.

정지용 연보

1902년	음력 5월 15일 충청북도 옥천군 옥천면 하계리에서 아버지 연일 정씨 정태국과 하동 정씨 정미하 사이에서 독자로 출생.
1910년	4년제 옥천공립보통학교(현재 죽향초등학교) 입학.
1913년	송재숙과 결혼.
1914년	옥천공립보통학교 졸업.
1918년	휘문고등보통학교에 입학. 이때부터 문학 활동을 시작함. 학생들이 만든 교내 잡지 〈요람〉에 참여. 김영랑, 홍사용, 박팔양, 이태준 등과 교류.
1919년	3·1 운동 당시 학내 문제 집회에 주도적으로 참가하여 무기정학을 받았으나 곧 복학함. 12월 〈서광〉 창간호에 단편소설 〈삼인三人〉 발표.
1922년	학제 개편으로 5학년으로 진급. 학예부 문예부장으로 〈휘문〉 창간호 편집위원이 됨. 〈풍랑몽〉을 씀.
1923년	휘문고보 졸업. 〈휘문〉에 〈향수〉를 씀. 5월에 휘문고보의 교비 유학생으로 일본 도지샤 대학 예과에 입학.
1926년	일본 경도 유학생들의 회지인 〈학조〉 창간호에 〈카페 프란스〉를 비롯하여 동시 〈감나무〉, 〈띠〉 등을 발표.
1927년	〈갑판 위〉, 〈바다〉, 〈향수〉, 〈오월 소식〉, 〈선취 1〉, 〈압천〉, 〈풍랑몽〉을 비롯하여 일본어 시 등 40여 편이 넘는 시를 발표.
1928년	장남 구관 태어남.

1929년	도지샤 대학 영문과 졸업. 휘문고보 영어교사로 부임.
1930년	시문학동인으로 참가. 〈이른 봄 아침〉, 〈다알리아〉, 〈선취 2〉, 〈유리창〉, 〈바다〉, 〈피리〉, 〈홍춘〉, 〈호수 1, 2〉 등 발표.
1933년	〈가톨릭 청년〉의 편집 고문을 맡음. 문학친목단체 〈구인회〉에 참여. 〈해협의 오전 2시〉, 산문 〈소곡〉 등을 발표.
1935년	제1시집 《정지용 시집》 출간.
1939년	〈문장〉지 창간과 함께 시부문 심사위원이 되어 조지훈, 박두진, 박목월, 김종한, 이한직, 박남수 등을 등단시킴.
1941년	제2시집 《백록담》 출간.
1945년	8·15 광복과 함께 휘문중학교에서 이화여자전문학교(현 이화여자대학교) 교수로 문과 과장에 부임.
1946년	조선문학가동맹 아동문학분과 위원장에 추대됨. 박두진이 편집한 《지용시선》 간행. 경향신문 주간 취임.
1947년	〈경향신문〉 주간을 사임하고 이화여자대학교 교수로 복직. 서울대, 동국대 출강.
1948년	이화여자대학교를 사임하고 녹번리 초당에서 서예를 하면서 소일함. 산문집 《지용문학독본》 간행.
1949년	대한민국 수립 후 국민보도연맹에 가입. 산문집 《산문》 간행.
1950년	6·25 전쟁 이후 북한 인민군에 의해 정치보위부로 끌려가 구금된 후 행방불명. 이후 정부는 그를 월북작가로 분류해 그의 모든 작품을 판금시키고 학문적 접근조차 금지시킴.
1988년	월북작가 해금.
1989년	지용시문학상 제정.
2002년	정지용 탄생 100주년.
2005년	정지용 문학관 건립.

28

향수

정지용 시전집

초판 1쇄 인쇄 2015년 7월 20일
초판 1쇄 발행 2015년 7월 27일

지은이 정지용
펴낸이 이범상
펴낸곳 (주)비전비엔피 · 애플북스

기획 편집 이경원 박월 윤자영 강찬양
디자인 최희민 김혜림 이미숙
마케팅 한상철 이재필 김희정
전자책 김성화 김소연
관리 박석형 이다정

주소 121-894 서울특별시 마포구 잔다리로7길 12 (서교동)
전화 02) 338-2411 │ **팩스** 02) 338-2413
홈페이지 www.visionbp.co.kr
이메일 visioncorea@naver.com
원고투고 editor@visionbp.co.kr

등록번호 제313-2007-000012호

ISBN 979-11-86639-02-3 04810

· 값은 뒤표지에 있습니다.
· 잘못된 책은 구입하신 서점에서 바꿔드립니다.

「이 도서의 국립중앙도서관 출판시도서목록(CIP)은 서지정보유통지원시스템 홈페이지(http://seoji.nl.go.kr)와
국가자료공동목록시스템(http://www.nl.go.kr/kolisnet)에서 이용하실 수 있습니다.(CIP제어번호: CIP2015016617)」